AF187002

Luc Winger

SPRENGFALLE

Was einmal war, erst heute ist.

Impressum

Bibliografische Informationen der Deutschen Nationalbibliothek: Die Deutsche Nationalbibliothek verzeichnet diese Publikation in der Deutschen Nationalbibliografie; detaillierte bibliografische Daten sind im Internet über http://www.dnb.dnb.de abrufbar.

Copyright © 2019 by Luc Winger
wingerluc@gmail.com
3. Auflage
Herstellung und Verlag:
BoD – Books on Demand, Norderstedt

ISBN: 9-783-7481-4031-3
Covergestaltung: lemonisland

Über das Buch

1989. Mauerfall. Das Attentat auf den Vorstand der Deutschen Bank in Bad Homburg. In dieser Zeit des Umbruchs erfährt eine Gruppe von jungen Leuten, wie sich durch dieses Ereignis ihr weiteres Leben verändert. Werden sie zu Opfern ihrer eigenen Neugier? Erst dreißig Jahre später finden sie zur Wahrheit und zu sich selbst. Ein Thriller mit überraschend romantischen Momenten.

Dies ist ein fiktiver Roman. Die Figuren und Ereignisse im Kontext dessen sind frei erfunden. Jede Ähnlichkeit mit Unternehmen, echten Personen, lebend oder tot, wäre rein zufällig und ist nicht beabsichtigt.

Über den Autor

Luc Winger lebt mit seiner Familie in einem kleinen hessischen Dorf. Mehrmals im Jahr verbringt er inspirierende Tage in der Provence. Seine Bücher schreibt er gerne im Sommer in freier Natur oder im Winter in seiner gemütlichen Hütte. Dazwischen geht er mit seinen zwei Hunden spazieren oder arbeitet im Garten.

Der Bezug zu aktuellen oder historischen Themen und Ereignissen sorgt in seinen Romanen für den brisanten Inhalt und den gesellschaftlichen Kontext.

Die Wahrheit ist dem Menschen zumutbar.

Ingeborg Bachmann

Prolog

»Meine lieben Freunde. Fragt ihr euch nicht manchmal, warum ich euch jedes Jahr zu mir einlade? Aus Zuneigung? Aus Sentimentalität? Oder vielleicht, weil ich sonst niemanden kenne? Zwanzig Jahre zelebriere ich das jetzt schon, einmal im Jahr, immer im November. Das heißt, zwanzigmal ein Menü vorbereiten, kochen, bedienen, abräumen. In der Kleinmarkthalle einkaufen gehen. Eine Woche vorher mit der Planung beginnen. Und danach mindestens zwei Tage lang die Küche und die Wohnung wieder in Ordnung bringen. Ihr schaut verwundert, warum ich das gerade heute erwähne. Wahrscheinlich sagt ihr euch: Der gute Jochen, der ist halt so. Kocht gerne, ist ein leidenschaftlicher Gastgeber. Stimmt, in gewisser Weise habe ich das über die Jahre gelernt und kultiviert. Ja, sogar etwas Freude daran gefunden, immer perfekter zu werden. War es zu Anfang noch die klassische italienische Küche, so ist es heute fast das *Perfekte Dinner*. Ich entführe euch jedes Mal in eine andere kulinarische Welt. Ganz *en passant* kommt ihr mit mir auf eine multisensorische Reise. Ihr trinkt viel, redet laut und benehmt euch gerne mal daneben. So seid ihr eben. Jeder von euch ist mir mit den Jahren ans Herz gewachsen: die feine Dame Margot, der joviale Genießer Gernot, der überzeugte Aussteiger Samuel, die gute Seele Heidi, die tierliebende Chaotin Beate, der bodenständige Autofreak

Sebastian mit seiner korrekten Anwältin Carolin und natürlich die sozial engagierte Mutter Kirsten mit ihrem grünen Politiker Holger.

Meine Intention für unsere Treffen war ursprünglich eine ganz andere. Ich wollte euch ... aber dazu komme ich im Laufe des Abends noch.

An diesem 30. November 2019 – und bitte seid mir nicht böse – möchte ich euch mitteilen: Zwanzig Jahre sind genug! Heute ist das letzte *Jochen Dinner*. Es war mir eine ganz besondere Freude diesen letzten Abend für euch, meine lieben Freunde, vorzubereiten. Ich bin mir sicher, ihr werdet begeistert sein und eure Gefühle werden euch überwältigen, wenn ich euch mit Dingen überrasche, die, da bin ich mir auch sicher, in Vergessenheit geraten sind. Seid gespannt, was ich speziell für euch vorbereitet habe. Nicht nur kulinarisch, sondern – wie drücke ich mich am besten aus – auch theatralisch. Manchmal tragisch, manchmal komisch! Ganz so, wie wir eben sind – oder einmal waren.

Lasst uns darauf anstoßen!«

Freitag, 24. November 1989

Jochen hatte die letzte Fuhre *Essen auf Rädern* in Bad Homburg ausgeliefert. Es war 14:30 Uhr. Er kehrte in die DRK-Zentrale zurück und musste, da heute Freitag war, das Auto innen sauber machen. Er hasste diese Arbeit. Nicht immer waren die Behälter dicht, und die Zivis fuhren wie die Wildsäue. Diese Bezeichnung passte auch für die Ladefläche des alten Citroën Lieferwagens, den er, nachdem er die Regale teilweise ausgebaut hatte, nun mit einem starken Wasserstrahl von innen säuberte. Danach musste er ihn noch trocken wischen und alles wieder an seinen Platz räumen. Als er fertig war, hatte er fast Feierabend. Freitags konnte er schon um 16:00 Uhr gehen. Er war Heimschläfer, wie die meisten Zivis beim DRK. Eigentlich ein lockeres Leben, verglichen mit den anderen, die in den Einsatzwagen beim Roten Kreuz ihren Dienst taten. Froh, die Woche geschafft zu haben, überlegte er, was man so am Wochenende unternehmen könnte.

Sein Kumpel Gernot hatte letzte Woche berichtet, dass seine Alten dieses Wochenende ausgeflogen waren. Eine gute Gelegenheit, den Weinkeller der Rachs zu inspizieren und die immer bestens gefüllte Speisekammer zu plündern. *Am besten, ich fahre mal bei Gernot vorbei und checke die Lage*, sagte sich Jochen. Wahrscheinlich waren seine Eltern noch da. Das war aber kein Problem. Er mochte Gernots gemütlichen Vater und seine fürsorgliche Mutter, die jeden immer mit Freude und leckerem Essen willkommen hießen.

Gernot wohnte unweit der Taunus Therme in einer schicken Wohngegend von Bad Homburg. Seine Eltern hatten passenderweise einen Party-Service, der aber wohl an diesem trüben Novemberwochenende mal keinen Auftrag erhalten hatte. Denn sonst würden die fleißigen Unternehmer nicht in den Hintertaunus fahren, um dort in einem Hotel ein Wellness-Wochenende zu verbringen.

Jochen bremste sein altes Rennrad abrupt ab und stellte es unachtsam an den Zaun der Rachs. Das Haus, eine Villa, die schon bessere Zeiten gesehen hatte, war hell erleuchtet. Jochen klingelte, und Frau Rach machte gleich auf.

»Hallo Jochen, schon fertig mit dem Ausfahren? Du möchtest sicher zu Gernot. Er ist auch schon zurück. Die Metro hat ihn ausnahmsweise mal früher gehen lassen.«

Da hatte er Glück, denn Gernot machte eine Ausbildung zum Einzelhandelskaufmann bei der Metro am Riederwald. Das war ein harter Job. Morgens früh raus und oft abends Überstunden schieben. Jochen war schon hunderte Mal bei den Rachs. Deshalb ließ er Frau Rach auch einfach stehen und spurtete die zwei Treppen hoch zu Gernots Dachzimmer. Dieser lag wie immer entspannt auf seinem Bett und hörte laut Musik. Er war großer Genesis-Fan. Heute hörte er *Wind and Wuthering*, eine Scheibe, die schon älter war. Jochen mochte diese frühen Alben nicht besonders, er konnte Peter Gabriels Stimme nicht ausstehen. Sie hatte immer etwas Weinerliches. Nicht nur aus diesem Grund drehte er den dicken Knopf des *Denon* Verstärkers auf leise.

»Hey, alles klar bei dir? Hast wohl einen halben Tag Urlaub? Oder warum bist du schon da?«

»Geht so, mir war etwas übel und ich hatte Magenreißen, da haben sie mich früher gehen lassen. Musste dringend eine Runde scheißen. Jetzt geht es mir wieder besser!«

Jochen rümpfte die Nase.

»Bäh ... keine Details. Meinst du, du bist morgen Nachmittag wieder fit? Ich habe da nämlich so eine Idee. Wollen wir die anderen fragen, ob wir gemeinsam einen draufmachen? Deine Eltern sind doch ausgeflogen.«

Gernot drückte seinen massigen Körper in eine aufrechte Position. Die Bewegung erzeugte wohl eine Befreiung von Gasen in seinem Magen. Er rülpste laut und vernehmlich.

»Musst du dich immer so gehenlassen? Du bist einfach voll daneben!«

Die letzte Luft ablassend, antwortet Gernot mit verkrampftem Gesicht:

»Der musste einfach raus! Ich denke schon; gute Gelegenheit die anderen mal wieder zu sehen. Seitdem Abi hatten wir kaum Kontakt. Dieses Wochenende ist echt günstig, die Speisekammer ist voll, und mein Vater hat neuen Wein geliefert bekommen. Ich werde ihn zur Sicherheit aber fragen, ob wir welchen trinken dürfen. Ich habe keinen Bock auf Stress.«

Jochen nickte zustimmend: »Wir können ja in der Küche bleiben. Und später vielleicht noch um die Häuser ziehen.«

»Wo willst du denn in Bad Homburg hin? In den Tennis-Club?«

»Bin ich Rentner? Nee, auf der Louisenstraße hat eine

neue Kneipe aufgemacht. Da könnten wir mal vorbeischauen.«

Gernot räkelte sich und gähnte vernehmlich.

»Mal sehen, wie wir nach dem Essen drauf sind. Denk dran, wir müssen auch wieder aufräumen, sonst war's das letzte Mal.«

»Schon klar. Wen wollen wir noch einladen?«

»Auf jeden Fall Beate. Da haben wir was zum Anschauen, insbesondere du.«

Jochen ging auf die Bemerkung nicht ein.

»Und was ist mit Heidi?«

Er war sich nicht sicher, denn die Strickliesel war etwas langweilig. Aber Gernot entschied sich sofort für sie.

»Ja, Heidi gehört einfach dazu. Außerdem geht es ihr nicht so gut, wie ich gehört habe. Sie hat keinen Studienplatz bekommen. Jetzt hängt sie zu Hause rum.«

»Und dein Kumpel, der Samuel, der soll auf jeden Fall seine Gitarre mitbringen.«

»Perfekt, bin dafür. Hauptsache kein *Genesis*.«

Jochen knuffte Gernot, der in seinen Boxershorts vor ihm stand und dessen Bauchansatz zu sehen war, in die Seite.

»Fehlt nur noch unser Liebespaar Kirsten und Holger. Falls sie es mal nicht gerade miteinander treiben.«

»Du bist doch nur eifersüchtig, Jochen.«

Gernot versuchte, nun umständlich in seine Jeans zu kommen.

»Quatsch, ich … vielleicht hast du Recht. Ich könnte es mir mit Beate gut vorstellen.«

»Und ich mit Heidi.«

»Dann passt doch die Aufteilung. Und Kirsten und Holger sorgen mit ihrem Geknutsche für die passende Anregung.«

»Pass nur auf, Samuel steht auch auf Beate und ich könnte mir vorstellen, dass er mehr ihr Typ ist, als du.«

Jochen kratzte sich am Kopf und ließ seine Hand über seinen spärlichen Bartwuchs wandern.

»Vielleicht sollte ich mich zur Feier des Tages mal rasieren.«

»Mach das und gehe vielleicht auch gleich zum Frisör. Dein Popper-Schnitt ist schon historisch. Du siehst aus wie *George Michael* für Arme!«

»Das musst du gerade sagen. Wie wäre es mit einer Dusche?«

»Jetzt mal Schluss damit. Wer sagt den anderen Bescheid? Ich melde mich bei Heidi, gerne auch bei Holger, der bringt seine Kirsten automatisch mit.«

»Passt. Dann rufe ich Beate und Samuel an.«

Plötzlich war die Stimme von Gernots Mutter zu hören: »Gernot, kommst du mal runter. Dein Vater braucht dich. Kisten ausladen.«

»Jochen, ich muss. Wein in den Keller schleppen.«

»Ich helfe mit.«

Die beiden packten mit an und holten sich dabei gleich das »Go« für den morgigen Abend. Gernots Vater ließ sogar eine ganze Kiste Wein springen.

Gut gelaunt machte sich Jochen auf den Weg nachhause. Er wohnte nur wenige hundert Meter von den Rachs entfernt.

Samstag, 25. November 1989

Am nächsten Morgen saß Jochen mit seinem Vater länger am Frühstückstisch. Dies war die einzige Zeit, in der beide mal die Muße hatten, sich zu unterhalten. Meistens über Politik oder Tratsch aus Bad Homburg. Jochens Vater ist Banker. Ein recht hohes Tier bei der Commerzbank. Schon kurz vor dem Abi hatte er angefangen, seinen Sohn davon zu überzeugen, eine Laufbahn bei seiner Bank – so nannte er die Coba – anzustreben. Jochen war sich dessen aber nicht so sicher. Irgendwie wollte er nicht das Gleiche machen wie Hans-Jürgen. Wobei er sich schon für die Finanzwelt interessierte. Und gut verdienen würde man da allemal.

An diesem Samstag aber, war ein anderes Gesprächsthema von ganz besonderer Bedeutung für Vater und Sohn. Der Zusammenbruch der DDR. Und die möglichen Folgen für Westdeutschland. Jürgen fand das Ganze komplett schräg. Er kannte London, Paris und war schon oft am Gardasee, aber Ostberlin war für ihn so weit entfernt wie der Mond. Klar, sie hatten im Geschichtsunterricht so einiges über Honecker und die SED erfahren. Besonderes interessiert hatte ihn das aber nicht. Man konnte und wollte nicht da drüben hin. Das war wie Leben in Schwarz-Weiß. Erst seit westliche Bands und Musiker in Ost-Berlin auftraten, hatte er ab und zu mal in der FAZ den einen oder anderen Artikel gelesen. Und seit die Mauer in der Nacht vom 9. November geöffnet wurde, kamen die Menschen und die Kultur des zweiten Deutschen Staates ihm plötzlich ganz nah vor. So richtig etwas damit anfangen konnte er, wie die meisten in seinem Alter, aber nicht.

»Jetzt kommen die alle zu uns. Hast du das mitbekommen? Immer mehr Grenzübergänge sind offen. Die Fernverkehrsstraße 1 und die Bundesstraße 1 können durchgehend befahren werden. Schäuble hat die *DDRler* davor gewarnt, zu uns überzusiedeln. Wir hätten nicht genügend Wohnungen. Was meinst du, kommen die wirklich rüber und die DDR ist in zwei Jahren leer?«, fragt Jochen besorgt.

Sein Vater legte die FAZ zur Seite und schaute seinen Sohn verständnisvoll an.

»Ich denke nicht. Die Menschen wollen Westdeutschland sehen und sich endlich mal was gönnen. Aber sie werden ihre Heimat nur dann verlassen, wenn sie dort keine Arbeit mehr hätten. Das wird die große Herausforderung der nächsten Jahre oder vielleicht sogar Jahrzehnte sein. Drüben war nicht nur ein anderes politisches System, sondern auch eine andere Wirtschaftsform. Sie war nicht auf Wettbewerb ausgelegt, sondern auf Planwirtschaft. Das müssen wir möglichst bald umstellen. Bei uns in der Bank haben wir schon darüber gesprochen. Wir planen in den nächsten Jahren überall Filialen zu eröffnen. Erst mal in Containern. Mein Sohn, wir leben in einer ganz besonderen Zeit! Das sollte dich aber nicht davon abhalten, dein Leben selbst in die Hand zu nehmen.«

»Das tue ich doch. Die Zivi-Stelle beim DRK habe ich mir selbst besorgt. Und die ätzende Verhandlung zur

Anerkennung meiner Verweigerung habe ich auch eigenständig und erfolgreich durchgeboxt. Jetzt lass mich erst mal die zwei Jahre überstehen. Bis dahin werde ich mich entscheiden, was ich studiere. Eins ist aber klar, ich bleibe in Frankfurt. Berlin ist mir ein zu unsicheres Pflaster. Und München, nee, mit den Bayern kann ich nicht.«

Hans-Jürgen lächelte seinen Sohn an. Seine vielen kleinen Fältchen umspielten seine grau-grünen Augen. Wenn er so war, konnte Jochen ausnahmsweise was mit ihm anfangen. Ansonsten gingen sich die beiden aus dem Weg. Was auf Gegenseitigkeit beruhte. Die zwei Welten in denen sie lebten waren einfach zu verschieden.

Die Woche war wieder einmal ätzend gewesen. Samuel war diesen Monat in der EC-Abteilung gelandet. Die ganze Zeit fragte er sich, wofür es eigentlich Computer gab. Was für einen Mehrwert hatte es, ausländische EC-Buchungen zu addieren. Mit einem Taschenrechner! Und das Ergebnis per Hand in eine Liste einzutragen. Diesen Blödsinn musste nicht nur er für die nächsten vier Wochen machen, nein, es gab eine ganze Abteilung, die von morgens bis abends nichts anderes machte.

Da verblödest du doch!, sagte er sich. Und dementsprechend waren die Kolleginnen und Kollegen auch zueinander. Keiner gönnte dem anderen etwas: *Peter, du hast die letzte Tasse Kaffee getrunken! Warum hast du keinen Neuen aufgesetzt?*

Oder: In meiner Schublade war noch der Rest einer Tafel Schokolade. Das weiß ich genau. Heute ist nichts mehr da. Ich gebe dem Dieb bis nach der Mittagspause Zeit, sich bei mir zu melden.

Samuel litt unter dieser Atmosphäre und den Aufgaben, die er bekam. *Warum hatte er sich nur dazu überreden lassen, so eine bekloppte Lehre zu machen?* Er wollte Musik studieren. Talent hatte er genügend. Aber seine Eltern machten tierischen Druck. *Noch wohnst du hier bei uns. Und so lange du nicht selbst verdienst, haben wir ein Wörtchen mitzureden.* Sein Vater und seine Mutter, die beide bei Fresenius arbeiteten, kannten kein Erbarmen. Über die guten Beziehungen zu Hans-Jürgen Lauscher hatten sie für ihren Sohn den Ausbildungsplatz ergattert. *Da hast du dein ganzes Leben was davon*, resümierte seine Mutter, als er die Unterschrift unter den Dreijahresvertrag setzte.

Genau, ich ärgere mich mein ganzes Leben über diese Entscheidung, denkt er, als er von einer unruhigen Nacht gerädert, um 9:30 Uhr gegen die Decke seines Zimmers starrte. Wenigstens muss ich heute nicht diesen bekloppten Anzug und die Würge-Krawatte anziehen.

Verpennt schlüpfte er in seine Jeans, zog ein frisches T-Shirt drüber und drehte sich einen Joint. *Heute können sie mich alle mal.* Er setzte sich an das offene Fenster und ließ sich die Morgensonne ins Gesicht scheinen. Mit geschlossenen Augen überlegte er, was der Samstag ihm so zu bieten hatte. *Ich lass es einfach auf mich zukommen.* Und damit hatte er absolut Recht. Nur ahnte er nicht, was das alles war.

Margot stand vor der vor drei Jahren eröffneten *Schirn* in Frankfurt und war ganz aufgeregt, die Kandinsky-Ausstellung zu sehen. Als angehende Kunsthistorikerin war der russische Maler für sie Kult. Expressionismus gehörte für sie zu den Epochen, die sie am meisten interessierten. Der Schöpfer des abstrakten Bildes, faszinierte sie und seine Farblehre hatte, aus ihrer Sicht, die Malerei revolutioniert. Sie war glücklich, dass Frankfurt, seit es die Schirn gab, Ausstellungen von internationalem Rang in die Main-Metropole holte. So konnte sie in ihrer Heimatstadt bleiben, aber doch immer mal wieder Sammlungen sehen, die auch im *Centre Pompidou* in Paris oder im *Guggenheim Museum* in New York ausgestellt wurden. Mit klopfendem Herzen kaufte sie eine Karte und ging die Treppe hoch in die lange Halle, die ideal war, um auch großformatige Gemälde ins rechte Licht zu rücken.

Gleich am Anfang beeindruckte sie ein frühes Werk des Malers, *Impressionen III*, das er, inspiriert durch ein Konzert von Arnold Schönberg, auf dem er zusammen mit Franz Marc war, gemalt hat. Im Weiteren lernte sie, dass die Illustration ihres Lieblingsmotivs ‚*Der Blaue Reiter*' eigentlich der Titel eines Almanachs war, das von Kandinsky und Franc Marc herausgegeben wurde. In diesem schrieb Kandinsky ‚*Über das Geistige in der Kunst*', insbesondere in der Malerei und formulierte Grundlegendes zur synästhetischen Wirkung der Farbe.

Lange schaute sie auf das Gemälde und bemerkte nicht den jungen Mann, der neben ihr stand. Erst als er sie intensiv ansah, drehte sie ihren Kopf zu ihm und blickte in tiefblaue

Augen. So etwas hatte sie noch nie erlebt. Vielleicht lag es an ihrer Aufgeregtheit, oder an der Magie des Moments; sie konnte ihren Blick nicht von ihm abwenden und er seinen nicht von ihr.

Erst, als eine ältere Dame, leicht angesäuert, auf hessisch bemerkte: »Ihr Zwei steht da wie die *Ölgötze*, die *annere* wolle ach was gucke!«, ließen sie voneinander ab.

Sowohl Margot als auch der junge Mann gingen zur Seite, konnten aber beeindruckt durch die eigene Situation, nichts erwidern. Schweigend gingen sie weiter und schauten gemeinsam die komplette Ausstellung an, ohne ein weiteres Wort zu wechseln. Ihr Interesse für den Maler und seine Kunst ließ sie in gleichem Tempo Gemälde für Gemälde in sich aufnehmen. Nur ihre Blicke fingen sich immer wieder und lösten je nach Stimmung des angesehenen Kunstwerks, gemeinsame Gefühle aus.

Gegen Ende der Ausstellung nahm Margot die Hand des Mannes, und beide gingen in den Vorhof der *Schirn*. Mitten auf dem kleinen runden Platz küsste er sie. Es war ein vorsichtiger, in seiner Art aber intensiver Kuss, ohne jede Hast. Für Margot blieb die Zeit stehen. Nie hätte sie sich vorstellen können, eine solche Gefühlsexplosion zu erleben.

Als sie voneinander ließen, fragte sie ihn: »Wie heißt du blauäugiger Fremder denn?«

»Tobias.«

An diesem Tag begann für Margot ein neues Leben.

Später saßen sie bei einer heißen Schokolade im *Schirn-Café* und fanden ihre Sprache wieder. Nachdem sie ihre Begeisterung für die Ausstellung zum Ausdruck gebracht hatten, fragte Margot neugierig: »Wo kommst du her, Tobias? Bestimmt nicht aus Frankfurt. Du hast einen interessanten Dialekt. Lass mich raten, du bist bestimmt Berliner?«

»Jenau, und zwa', um korrekt zu sein, Ost-Berliner. Ick bin nämlich aus Pankow.«

Margot schaute ihre Eroberung mit großen Augen an.

»Sag nur, du bist aus dem Osten hierhergekommen, extra für die Ausstellung!«

Tobias nippte an seiner Schokolade und lächelt Margot verschmitzt an.

»Wat du nich sachst, jenauso iss it. Ick bin jestern über de Jrenze. Iss ja seit zwee Wochen offen. Im West-Berliner Bahnhof Zoo bin ick dann in den Zug nach Frankfurt jestiegen. Dit Geld dafür hab' ick mir von meener Oma jeliejen. Die hat noch jesparte Westmark jehabt. Un' nu bin ick hier. Da kuckste, wa?«

Margots Interesse an Tobias wurde immer größer. Nicht nur, weil Tobias voll ihr Typ war, sondern, weil sie durch ihn etwas Neues erfahren konnte, was für sie bisher völlig fremd war. Er kam aus der DDR, aus dem anderen, dem fremden Deutschland. Am liebsten würde sie ihm gleich Löcher in den Bauch fragen. Aber sie dachte sich, *den lasse ich so schnell nicht wieder gehen.*

Die ganze Zeit, während sie redeten, hielten sie eine Hand des anderen. Margot, die immer direkt heraus war, fragte Tobias: »Hättest du Lust, den Rest des Tages mit mir zu verbringen? Ich habe nichts Besonderes vor. Ich kann dir gerne Frankfurt zeigen. Hast du schon ein Hotel?«

Die Fragen sprudelten nur so aus ihr heraus. Tobias schien das aber nichts auszumachen, er schaute sie die ganze Zeit verliebt an.

»Ick hab' dit janze Wochenende Zeit. Nur'n Hotel hab' ick noch nich. Jibt et keene Jugendherberjen?«

Margot war überrascht, aber nicht sprachlos.

»Sag' mal, hast du keinen Koffer?«

»Im Schließfach am Bahnhof. Iss aber nur'n Sack.«

»Weißt du was? Wir machen einen Stadtbummel, gehen am Main entlang, zum Schauspielhaus und dann die Kaiserstraße entlang zum Hauptbahnhof. Da können wir uns die Skyline anschauen. Und dann nehme ich dich mit nach Bad Homburg, zu mir nachhause. Beziehungsweise zu meinen Eltern. Ich habe eine kleine Einliegerwohnung im Souterrain. Was hältst du davon?«

»Dit klingt dufte!«

Tobias beugte sich zu ihr über den Tisch und gab ihr einen Kuss, der mehr versprach. Margots Herz pochte wie wild und sie war voll stolz auf sich. Endlich hatte sie sich getraut. Und dann gleich bei einem wie Tobias. Sie streichelte über seine bärtige Wange und ihre Hand wanderte weiter in sein lockiges schwarzes Haar. *Du bist mein Traum-Typ,* dachte sie.

Sie verbrachten den Nachmittag wie geplant mit einem langen Spaziergang.

Der Novembertag war ungewöhnlich mild und ab und zu kam sogar die Sonne heraus, die sich in den Fassaden der

Bankentürme spiegelte. Tobias kam aus dem Staunen nicht heraus. Und Margot redete die ganze Zeit. Sie machten noch einen kleinen Umweg zur *Alten Oper*, und zur Feier des Tages, lud Margot ihn ein zu einem Glas Sekt im *Opern-Café*. Tobias wusste nicht mehr, wo er zuerst hinsehen sollte. Auf seine Eroberung oder auf die vielen neuen Eindrücke um ihn herum. Das Einzige aber, was er herausbrachte, war:

»Ick gloob, ick träum'.«

Margot antwortete ihm vorlaut:

»Und ick gloob, ick hab' mich verliebt!«

Sie küssten sich bestimmt das hundertste Mal an diesem Tag. Anschließend schlenderten sie gemütlich an den Etablissements des Bahnhof-Viertels vorbei. Hier fand Tobias seine Sprache wieder.

»Uff, dit et ne janze Straße voller Sexbuden hier jibt ... aber rinjehen müssen wir da nich, wa?«

Margot lachte herzlich und gab ihm einen Klaps auf den Hintern.

»Das hättest du wohl gern. Aber schau, da vorne ist schon der Bahnhof. Ich hab' mir überlegt, ich rufe lieber mal meine Mutter an und warne sie vor, dass ich dich mitbringe, sonst fällt sie aus allen Wolken. Sie ist ganz lieb und sehr locker. Brauchst dir also keine Gedanken zu machen.«

»Tu ick nich. Ick kann ooch uff de Couch pennen. Bin nich so anspruchsvoll.«

»Du bist so süß!«

Margot verschwand in einer Telefonzelle und kam nach einem kurzen Gespräch wieder heraus.

»Alles geregelt. Du kannst mitkommen. Sie will dich, bevor wir zu mir in die Wohnung gehen, gerne kennen lernen. Ist doch okay für dich?«

»Jebongt!. Aba meene eene Tasche, die sollten wir nicht vergessen!«

»Oh, du kannst ja doch richtig Hochdeutsch!«

»Klar, wo denkst du hin. Ich übe schon mal für deine Mama.«

»Aber bei mir kannste ruhig weiter Berlinerisch reden, das ist sexy!«

Als sie vor dem Schließfach ankamen, holte Tobias einen Schlüssel aus seiner Hosentasche. Nachdem die Tür offenstand, stellte Margot erstaunt fest: »Was für ein riesiger Sack! Wolltest du gleich auswandern?«

Tobias wirkte das erste Mal verunsichert und konnte ihr bei seiner Antwort nicht direkt in die Augen sehen.

»Dit iss meen Seesack von de NVA. Bei euch iss dit de Bundeswehr.«

Gekonnt schulterte er das große grüne Teil, und Margot dachte für sich noch: *Scheint ganz schön schwer zu sein.*

Gemeinsam gingen sie zur S-Bahnstation und nahmen die Linie S5 nach Bad Homburg.

Gegen 14:00 Uhr verließen Gernots Eltern ihr Haus im Kirschblütenweg, um in den Hintertaunus in ihr Wellness-Wochenende zu fahren. Hiltrud, Gernots Mutter, war noch so lieb und zeigte ihrem Sohn, welche der Vorräte er benutzen durfte. Dieser meinte nur: »Wir sind nicht anspruchsvoll. Wahrscheinlich machen wir uns Spagetti Bolognese und einen großen Salat.«

»Aber bitte aufräumen und das dreckige Geschirr in die Spülmaschine räumen! Anstellen nicht vergessen. Und trinkt nicht so viel!«

Den letzten Satz hörte Gernot schon nicht mehr, denn er hatte die Haustür zugemacht. Er liebte diese Wochenenden, an denen seine Eltern weg waren.

Ein ganzes Haus für sich allein. Und für seine Freunde. Damit die Hütte nicht mehr so bieder daherkam, nutze er die Zeit und fing an das Wohnzimmer umzugestalten. Er räumte den großen Tisch zur Seite, schaffte Platz in der Mitte des Raumes und suchte alle Kissen aus dem Haus zusammen. Auf dem großen Teppich entstand ein gemütliches Lager. Mit Decken, Kerzen und ein paar Palmen, die er aus dem Wintergarten holte, hatte das Ganze etwas Orientalisches. Jetzt fehlte nur noch die richtige Musik. Er suchte in seiner mehrere Meter langen LP-Sammlung nach den Bands und Interpreten, die auch mal was Akustisches spielten.

Zum Schluss schleppte er noch seine Hi-Fi-Anlage hinunter. Bei den großen Boxen brauchte er Hilfe von Jochen, der gegen fünf kam. Gut gelaunt und voller Erwartung gingen sie in die Küche und stellten die notwendigen Zutaten bereit. Damit sie schon mal in Stimmung kamen, öffnete er eine Flasche *Barolo* von 1984. Sein Vater hatte einige davon und würde sicher nicht meckern. Für später hatte er *Chianti Classico* von 1987, das musste langen.

Um 18:30 Uhr war die Bude voll. Samuel kam zusammen

mit Beate. *Wieso das?*, fragte sich Jochen. Er sah wie immer lässig aus, hatte ein Batik-Shirt an, das er wohl aus dem Schrank seines Vaters geklaut hatte, denn es wirkte original aus den Siebzigern. Seine Gitarre hatte er geschultert.

Bei ihm hatte man immer das Gefühl, er käme direkt aus dem Urlaub, stellte Gernot für sich fest. Etwas eifersüchtig waren beide auf ihn, als er davon erzählte, dass Beate und er den Nachmittag im Kino verbracht hätten. Auch noch in *Harry und Sally* mit Meg Ryan und Billy Christal.

Das war doch eine Liebeskomödie, oder so. Wahrscheinlich haben sie die ganze Zeit gekuschelt. Das wäre Beate zuzutrauen, stellte sich Jochen vor. Egal, er ließ sich nicht die Laune verderben und begrüßte seine Traumfrau mit einem Küsschen auf die Wange.

Kirsten und Holger kamen mal wieder im Partner-Look. Beide hatten diese schrill-bunten Hosen in Karottenform und ein weites Hemd an, wahrscheinlich aus einem secondhand Shop. Natürlich zeigte Kirsten, was sie hatte, denn ihr Oberteil war lässig weit offen. Händchenhaltend hatten sie sich auf eines der großen Kissen fallenlassen und dort würden sie wahrscheinlich auch eine Weile bleiben.

Heidi zeigte sich, wie gewohnt, von ihrer familiären und hilfsbereiten Seite. Sie stürmte sofort in die Küche, zog sich eine Schürze an und begann die Tomaten zu schneiden. Gernot ging ihr zur Hand. Er kümmerte sich um das Hackfleisch und durfte Zwiebeln schneiden.

Laut protestierte er: »Warum ich? Dann stinken meine Hände den ganzen Abend!«

»Gernot, ich hoffe, es geht für dich klar, ich habe Sebastian gefragt, ob er zu uns stößt. Wir haben ihn in der Stadt getroffen und er fragte uns, was wir vorhaben. Er wirkte etwas niedergeschlagen. Du weißt doch, mit seinem Studium, das hat nicht geklappt.«

»Ist schon okay. Das Essen wird reichen. Und Platz haben wir genug.«

»Kann einer mal diese bekloppte Musik ausmachen«, meckert Kirsten. »Ich habe die neue *Depeche Mode* dabei. Holger, leg mal auf.«

»Gibt es auch Bier? Bei Rotwein penn' ich gleich ein.«

»Unten im Keller, da müsste ein Kasten stehen. Geh' einfach runter und hol' ein paar Flaschen hoch, Holger.«

Lang ausgestreckt lagen alle auf den Kissen, ein Bier oder einen Rotwein neben sich. *101*, das erste Live-Album von *Depeche Mode* lief, und Samuel ließ einen Joint herumgehen.

Nur Heidi war noch in der Küche und passte auf, dass die Nudeln nicht überkochten. Wenig später rief sie: »Hey Leute, wer nicht kommt, kriegt nichts ab. Nehmt euch einen Teller aus dem Schrank. Ich bin nicht eure Bedienung!«

Als jeder mindestens einen Teller Spagetti Bolognese mit Bergen von Parmesan gegessen und dazu mehrere Gläser Rotwein intus hatte, klingelte es. Es war Sebastian. Gernot machte ihm auf. Er merkte sofort, dass etwas mit ihm nicht stimmte. Er sah ganz blass aus und schaute verwirrt.

»Hey Alter, was ist denn mit dir los?«, fragte Samuel.

Ohne zu antworten, ließ er sich auf eines der freien Kissen fallen.

»Ich brauch' erst mal ‚nen Schluck Bier.«

Die Anderen schauten sich fragend an. Die Stimmung war erstmal futsch.

»Jetzt komm, rück' schon raus, was ist passiert?«, wollte Beate wissen.

Sebastian setzte sich auf. Er wischte sich über sein fahles Gesicht.

»Ich glaube, ich hab' jemanden angefahren.«

Da auch die LP zu Ende war, herrschte völlige Stille im Raum. Jochen fand zuerst wieder Worte: »Wieso, *glaubst* du? Das merkt man doch. Hat es gerumst? Wo ist es passiert? Und sag' nur, du hast nicht angehalten und die Polizei nicht verständigt?«

»Mensch Jochen, jetzt lass' doch den armen Sebastian erstmal mit deinen Fragen in Ruhe. Siehst du nicht, dass er einen Schock hat?«, stellte die sensible Heidi fest.

Kirsten war empört:

»Der soll sich mal nicht so anstellen. Er hat vielleicht gerade einen Menschen überfahren!«

Jochen übernahm die Befragung von Sebastian. Dieser konnte nach einer kleinen Flasche Bier zur Beruhigung, so langsam wieder reden. Alle hatten sich im Kreis um ihn herumgesetzt und hörten gespannt zu. Währenddessen tranken und rauchten sie weiter.

»Ich bin aus Frankfurt-Bockenheim gekommen, da war ich noch im *Bastos* und habe mit ein paar Kumpels etwas gegessen. Geparkt habe ich extra im Parkhaus, damit ich nicht wieder abgeschleppt werde, wie letzte Woche. Mein getunter *Opel Manta* ist leider etwas auffällig. So gegen 20:00 Uhr bin ich los zu euch. Ihr kennt ja den Weg. Als ich nach Bad Homburg reinkam, war nicht besonders viel los. Ist halt ein Kaff. Im Kreisel bin ich Richtung Taunus Therme gefahren. Hier kamen mir einige Autos entgegen. Wahrscheinlich alles Leute, die in der Sauna oder Schwimmen waren. Es geht dort leicht bergauf und wenn dir ein Auto entgegenkommt, dann wirst du geblendet. So ging es mir auch. Dummerweise war es ein Bus. Der hatte wohl gerade an einer Haltestelle gestoppt und fuhr jetzt wieder auf die Straße. Es wurde eng für mich. Gefährlich eng. Ich musste mit meinem rechten Vorderreifen auf den Bürgersteig ausweichen. Und da, ich kann es immer noch nicht fassen, ist eine Gestalt, wie aus dem nichts, von rechts aus einer Hecke gesprungen. Ich bin voll in die Eisen. Schnell war ich ja nicht. Der hatte aber so viel Speed drauf ... er landete voll auf meiner Motorhaube.«

Die Runde schaute betreten zu Sebastian. Samuel zog an seinem Joint, atmete dicke Wolken aus und meinte zynisch.

»Hättest du nicht so viele Spoiler an deiner Karre, dann wärst du vorher zum Stehen gekommen.«

»Samuel, red keinen Scheiß!«, fuhr Jochen ihm über den Mund. »Bist du denn raus und hast nachgesehen, was mit dem Mann ist?«

»Soweit kam es gar nicht. Es hat ein paar Sekunden gedauert, bis ich reagieren konnte. Ist euch sowas schon mal passiert? Da schießt das Adrenalin in deinen Körper, so dass du denkst, du platzt gleich. Der Typ, es war auf jeden Fall einer, ist einfach wieder von meiner Motorhaube runter. In dieser Zeit konnte ich ihn kurz sehen. Längere Haare, Bart, er hatte eine schwarze Lederjacke an. Dünn, ja dünn und groß war er. Unsere Blicke trafen sich. Er schaute mich stinksauer an. Drehte sich von meinem Auto weg und lief in entgegengesetzter Richtung davon. Ich drehte mich, soweit ich das konnte, auf meinem Fahrersitz um. Leider habe ich hinten im Fenster Lamellen, deshalb konnte ich kaum etwas sehen. Er war auf jeden Fall weg. Und dann bin ich hierher zu euch gefahren.«

»Das war Fahrerflucht. Eindeutig«, bemerkte Kirsten trocken.

»Ja, Frau Richterin. Jetzt mach' mal halblang«, entgegnete Samuel.

»Bevor wir uns vorschnell ein Urteil erlauben, sollten wir gemeinsam überlegen, was zu tun ist. Am besten gehen wir mal alternative Szenarien durch.«

Jochen war mal wieder analytisch unterwegs.

»Kann ich noch ein Bier haben?«

»Wenn du versprichst, heute nicht mehr Auto zu fahren«, machte Heidi Sebastian klar.

»Ich fahre heute nirgends mehr wohin. Am liebsten würde ich hier bei Gernot bleiben.«

»Kein Ding, wir haben ein Gästezimmer.«

Gernot zeigte nach oben in den ersten Stock.

»Hier, dein Bier. Will noch jemand eins, dann gehe ich in den Keller und hole Nachschub hoch«, erklärte sich Holger bereit, denn er brauchte auch eine weitere Flasche.

Nachdem ein weiterer *Chianti Classico* aufgemacht wurde, waren alle mit frischen Getränken versorgt. Jochen war aufgestanden und lief laut dozierend im Zimmer umher. Die anderen schauten und hörten ihm dabei zu.

»Nehmen wir einmal an, der Typ hatte was getrunken und ist auf dem Bürgersteig herumgewankt und deshalb so stark zur Seite gegangen. Das würde auch erklären, warum er gleich wieder aufgestanden und abgehauen ist. Betrunkene merken akut nicht so viel.«

Jochens Szenario erzeugte bei den anderen skeptische Blicke.

»Aber dann hätte ich ihn sehen müssen. Der ist aber wirklich aus dem Nichts in mein Auto gesprungen. Und dieser Blick! Ich glaube, ich werde ihn nie vergessen.«

»Könntest du ihn genau beschreiben«, fragte Beate.

»Hm, genau? Was ist genau? Er war jung, hatte ein hageres Gesicht. Irgendwie hart. Er könnte ein Ausländer sein. Da bin ich mir aber nicht sicher. Manche aus dem Osten sehen so aus. Eine Mischung aus Pole und Araber. Sein schwarzer Bart macht es schwierig, ihn genau zu beschreiben. Und er hatte buschige Augenbrauen.«

»Bei deiner Beschreibung wird mir ganz anders,« bemerkte Heidi.

Die Gruppe spürte, dass sich in den letzten Minuten die Stimmung im Raum verändert hatte. Mit der Wirkung des Alkohols, der diversen Joints und den Beschreibungen von Sebastian, verdunkelten sich die Gemüter zusehends.

Trotzdem startete Jochen noch einen weiteren

Erklärungsversuch:

»Wenn also der Unbekannte, der von rechts kam, dort irgendetwas gemacht oder gesucht hatte und durch dein Ausweichmanöver gestört worden wäre, dann wäre seine Reaktion nachvollziehbar. War denn dort ein Haus oder ein Garten?«

»Ich denke nicht. Die Stelle, ihr kennt sie alle und seid bestimmt schon hundertmal da vorbeigefahren, ist direkt neben dem Parkhaus des Seedammbads. Dort ist ein kleiner Grünstreifen mit Bäumen und Büschen.«

»Ach da, da war das! Was hatte der denn dort zu suchen? Da ist doch gar kein Fußweg«, erinnerte sich Gernot, der ja nicht weit von der Stelle entfernt wohnte.

»Das ist ja meine Frage! Warum springt einer aus der Hecke? Hatte er sich versteckt? Oder hatte er etwas versteckt?«

»Männer! Auf das Naheliegende kommt ihr nicht. Der Mann war einfach mal Pinkeln! Und wurde durch das grelle Scheinwerferlicht deines *Monster-Mantas* aufgeschreckt«, erklärte Beate lapidar.

Jochen kratzte sich am Kopf und fuhr über seinen kaum vorhandenen Bart.

»Beate, du könntest Recht haben. Ich denke, wir haben zu viel getrunken.«

»Und geraucht«, ergänzte Heidi.

»Lasst uns den restlichen Abend doch einfach noch genießen. Samuel, wie wäre es, spiele doch Gitarre.« Beate schaute den mittlerweile etwas weggetretenen Musiker auffordernd an.

»Wenn ihr meint. Gerne.«

Obwohl Samuel es wirklich draufhatte, kam nicht mehr so recht eine ausgelassene Stimmung auf. Gegen Mitternacht verließen alle, bis auf Sebastian und Jochen, das Haus der Familie Rach. Jochen hatte zwar noch die Idee, zum Tatort zu gehen und die Lage zu checken, doch Gernot merkte richtig an, dass es dafür heute zu spät und außerdem zu dunkel sei. Danach gingen die Drei schlafen.

Sonntag, 26. November 1989

Am nächsten Morgen halfen erst mal die beiden Gäste, das Chaos zu beseitigen. Überall standen leere Flaschen herum und die Teller hatte natürlich auch keiner in die Spülmaschine geräumt. Nachdem sie die Hi-Fi-Boxen wieder in Gernots Zimmer geschleppt und den großen Tisch im Esszimmer an seinen Platz getragen hatten, gab es ein einfaches Frühstück.

An seinem heißen Kaffee nippend, meinte Jochen:

»Die Pinkel-Theorie ist zwar naheliegend, aber ich glaube nicht daran. Warum springt dieser Typ dir direkt vors Auto. Er hätte doch einfach abwarten können. War das alles nur ein dummer Zufall?«

»Ich denke schon. Ich war eben zur falschen Zeit am falschen Ort. Nur habe ich heute Morgen auch das Gefühl, irgendetwas stimmt mit dem Unbekannten nicht. Oder auch mit dem, was er da in der Hecke in dem kleinen Park getrieben hat«, konstatierte Sebastian nach einer kurzen Nacht in der er vor Aufregung kaum schlafen konnte.

»Lasst uns doch einfach gleich nach dem Frühstück runterlaufen. Es sind nur ein paar Minuten Fußweg. Vielleicht entdecken wir etwas. Meine Eltern kommen erst spät abends zurück und wenn ihr wollt, können wir den Sonntag noch gemeinsam hier verbringen.«

»Gebongt. Das machen wir. Lass mich nur kurz zu Hause

anrufen. Damit, die Bescheid wissen.«

Jochen war immer korrekt. Er wollte nicht, dass seine Eltern sich Gedanken machen.

»Gute Idee, das mache ich auch«, stimmte Sebastian zu.

»Erzähle ihnen aber nichts von dem Unfall, lass uns erst einmal die Lage checken«, gab Gernot Sebastian zu verstehen.

Wenig später machten sie sich auf den Weg. Es hatte leicht zu nieseln angefangen. Typisches November Wetter hüllte Bad Homburg in einen feinen Nebel. Den drei Jungs war kalt, sie fröstelten und wollten eigentlich lieber in Gernots Zimmer abhängen. Doch die Neugier trieb sie raus, direkt zum Tatort des gestrigen Abends.

»Hier muss es gewesen sein. Bremsspuren sind aber nicht zu sehen. Ich weiß aber noch genau, es kam ein Auto die Ausfahrt des Seedammbad-Parkhauses herausgefahren. Ich habe deshalb mein Tempo verlangsamt, weil ich mich noch über den Fahrer geärgert habe, denn er hatte nicht geschaut, war einfach gefahren. Dann, kurz danach, musste ich auch noch ausweichen. Ein Bus kam von oben die Straße herunter. Es können nur ein paar Meter sein, die ich noch gefahren bin, bevor ich auf den Gehweg ausweichen musste. Seht her, hier ist die Bordsteinkante, sie ist nicht besonders hoch. Da bin ich einfach drübergefahren.«

»War das überhaupt nötig? Aus meiner Perspektive ist die Straße doch recht breit und ein Bus und ein Auto müssten gut aneinander vorbeifahren können«, beobachtete Jochen.

»Ich denke nicht. Ich kann mich zwar nicht mehr ganz

genau erinnern, aber ich glaube, obwohl auf der anderen Straßenseite absolutes Halteverbot ist, hat da ein Auto gehalten. Ja, ich erinnere mich, es hatte die Scheinwerfer an. Wahrscheinlich wurde jemand abgeholt, der in der Taunus Therme war, und der Fahrer stand nur kurze Zeit hier. Jedenfalls bin ich mir sicher, der Bus kam mir mitten auf der Straße entgegen. Ich konnte gar nicht anders, als nach rechts auf den Gehweg ausweichen.«

Gernot orientierte sich schon in Richtung des Grünstreifens, der neben dem Bürgersteig lag. Er zwängte sich zwischen zwei Büschen hindurch und war danach kaum noch zu sehen, obwohl alle Blätter abgefallen waren.

»Gernot, was treibst du da? Pass auf, sonst vernichtest du wertvolle Spuren!«, sagte Jochen und spielte mal wieder den Besserwisser.

»Jetzt mach mal halblang, was sollen denn hier für verdächtige Spuren sein? Außer Klopapier«, amüsierte sich Gernot.

Plötzlich sahen die beiden auf dem Gehweg Zurückgebliebenen ein helles Licht hinter den Büschen.

»Hast du was entdeckt, was leuchtet denn da«, fragt Sebastian.

»Das ist nur mein *Maglite*, extra hell. Das habe ich extra mitgenommen. Ich leuchte gerade den Boden ab.«

Ein älterer Herr kam vorbei und blieb vor den beiden Jungs stehen.

»Guten Morgen die Herren, was verloren? Oder warum observieren sie hier die Gegend?«

Jochen reagierte zuerst auf die berechtigte Frage des Rentners:

»Messerscharf erkannt, wir vermissen eine Geldbörse. Die haben wir wohl gestern Abend nach dem Besuch der Taunus Therme irgendwo hier im Gelände verloren.«

Sebastian starrte Jochen an und war über seine spontane Reaktion einigermaßen verwundert.

»Na, dann viel Glück beim Suchen. Hoffentlich war nicht viel Geld drin. Den meisten Ärger hat man ja, die Papiere wieder zu besorgen. Meiner Frau ist das neulich auch passiert. Ich sage Ihnen, wir sind von Amt zu Amt geschickt worden.«

Leise weiter grummelnd, entfernte sich der ältere Mann wieder, ohne weitere Fragen zu stellen.

»Ich hab' was gefunden! Ein kleines Heft. Jetzt kann ich den Titel lesen. Es ist eine Anleitung oder so etwas Ähnliches. Lag hier einfach so herum. Wartet, ich komme zu euch zurück.«

Gernot schob seinen voluminösen Körper aus den dichten Büschen heraus und kurz bevor er auf den Bürgersteig treten will, stolpert er und fällt hin.

»So ein Mist, was war denn das?«

»Hier liegt ein Stein. Ein ganz schöner Brocken. Hast du ihn nicht bemerkt, als du in die Büsche geklettert bist?«, fragte Jochen.

Gernot rappelte sich auf. Seine Hose hatte einen Riss und war voller Blätter und Erde. Auch seine eine Hand hatte anscheinend etwas abbekommen, denn als er sie ansah, erkannte er eine Schürfwunde, aus der es blutete.

»Kann es vielleicht sein, dass es unserem Unbekannten genauso gegangen ist? Er war wohl nur etwas geschickter beim Herauskommen und ist nicht gefallen, sondern über den Stein halb gesprungen und mit einem Bein hängen geblieben«, sagte Jochen, der mal wieder eine Theorie hatte.

»Das könnte seine Dynamik erklären, mit der er auf mein Auto zukam. Aber halt mal, was ist denn das für eine Anleitung, die du da aufgelesen hast, Gernot?«

Sebastian war natürlich neugierig.

Gernot hielt das kleine, circa DIN A5 große Heftchen in seinen Händen, so dass alle drei den Titel lesen konnten:

INSTRUCTION MANUAL FOR PHOTO-ELECTRIC BARRIER

»Was macht denn so etwas hier? Es sieht komplett neu aus. Es kann noch nicht lange im Busch auf der Erde gelegen haben. Die letzten Wochen hat es oft geregnet. Da müsste es aufgeweicht worden sein«, erkannte Jochen messerscharf.

»Da gibt es doch nur eine Erklärung. Der Typ hat das verloren, als er von deinem Scheinwerferlicht aufgeschreckt wurde. Die Lichtschranke selbst hat er wohl mitgenommen.«

»Ah, *photo-electric barrier* heißt Lichtschranke?«, wiederholte Sebastian richtig.

»Hättest in Physik mal besser nicht nur gepennt, sonst wüsstest du das. Wir haben doch einige Versuche mit solchen Teilen gemacht.«

Jochen, der Oberlehrer, nahm Gernot die Anleitung aus der Hand.

Danach las er vor:

»Made in China. Wo sonst? Hier wird genau erklärt, wie man eine bis zu zehn Meter lange Lichtschranke einrichtet, die dann ein elektrisches Signal abgibt, wenn sie von etwas durchbrochen wird.«

»Was will denn einer mit einer Lichtschranke hier machen? Fahrzeuge zählen? Passanten abchecken, die in die Therme oder ins Schwimmbad wollen? Schon irgendwie komisch, oder?«, bemerkte Gernot ratlos.

Jochen schaute sich um. Es kamen immer mehr Leute aus dem Parkhaus und gingen in die Therme. Einige Besucher blieben stehen und beobachteten, was die drei jungen Männer dort trieben.

»Anscheinend sorgen wir schon für Aufmerksamkeit. Wir sollten unsere Diskussion bei Gernot fortsetzen. Lasst uns gehen, ich denke, wir finden keine weiteren Spuren.«

Aufgekratzt liefen die Drei zurück in den Kirschblütenweg, nicht ahnend, dass sie eine folgenschwere Entdeckung gemacht hatten.

»Leute, dass wir überhaupt etwas gefunden haben, ist für mich schon eine echte Überraschung. Aber dann noch etwas Verdächtiges, das wirklich nichts in einem Busch zu suchen hat, steigert meinen Drang, dem nachzugehen, erheblich«, fasst Jochen die Situation zusammen.

Sie saßen in Gernots Zimmer und berieten sich. Vorher hatte jeder sich eine große Tasse Tee gemacht, denn draußen war es unangenehm feucht-kalt gewesen. Nach genauerem

Durchlesen der Betriebsanleitung, stellten sie fest, dass es sich um eine spezielle Lichtschranke handelte, die auch bei schlechten Witterungsverhältnissen und niedrigen Temperaturen funktioniert.

»Das ist ein professionelles Teil. Auch wenn es aus China stammt. Das bekommt man nicht soeben in jedem Elektronikladen. Da muss man schon gezielt danach suchen.«

Gernot hatte einen dicken Katalog in der Hand. *Conrad Elektronik* stand darauf. Die hatten auch Lichtschranken, aber keine davon hatte eine so hohe Reichweite.

»Nehmen wir einmal an, der Fremde im Busch hatte die Anleitung dabei, weil er Handwerker ist und die Woche diese Lichtschranke in einer Einfahrt montiert hatte. Das ist eine typische Anwendung dafür, damit das Tor automatisch auf- und zugeht, wenn ein Fahrzeug auf das Grundstück fahren will.«

Gernot versucht, seinen Fund zu erklären, doch weit kommt er nicht, denn Jochen unterbricht ihn mal wieder.

»Und da hat der Mann die Anleitung noch in seiner Jackentasche und die fällt genau dann heraus, als er sich in einem Versteck aufhält? Nein, ich habe eine andere Theorie. Der Typ hat die Lichtschranke dabei und will vor Ort schauen, wo und wie er sie aufstellen kann. Als er dann durch dein Scheinwerferlicht geblendet wird, vergisst er die Anleitung oder sie fällt ihm aus der Hand. Sebastian, du hast ihn doch recht gut beschrieben. Der sah doch nicht aus wie ein Handwerker, oder?«

»Ganz und gar nicht. Er hatte auch keinen Overall oder so

eine Handwerker-Montur mit Logo auf der Jacke an. Es war eine schwarze Lederjacke. Und er wirkte, wie ich schon sagte, irgendwie gefährlich. Wie ein wildes Tier, das aufgeschreckt wegläuft.«

Jochen kratzte sich am Kopf und sagte dann nachdenklich: »So kommen wir nicht weiter. Dummerweise sind wir alle morgen wieder beschäftigt. Ich fahre Essen aus, Gernot, du schuftest bei der Metro und Sebastian ... was machst du eigentlich? Das mit deinem Studienplatz hat ja nicht geklappt, habe ich gehört.«

Sebastian sank etwas in sich zusammen. Er antwortete zögernd: »Ich? Mein Vater, er hat mir einen Praktikumsplatz im Ford-Autohaus in Eschborn besorgt. Ich fange dort am 1. Dezember an.«

»Das ist doch genial, dann könntest du doch morgen am Tatort Wache schieben und beobachten, ob der Unbekannte wieder vorbeikommt.«

Sebastians Mund ging auf und wieder zu. Dabei schaute er wie ein ängstlicher Hund.

»Du tickst doch wohl nicht richtig. Ich stelle mich nicht den ganzen Tag in die Kälte. Das fällt doch auf. Und überhaupt, was geht uns das denn an?«

Gernot stand Sebastian bei.

»Jochen du hast mal wieder deinen Detektiv-Spleen. Und siehst überall Gefahren. Wir haben mit dir ja schon so einiges mitgemacht. Aber dieses Mal gehst du zu weit. Wenn du diese Straße an der Taunus Therme observieren willst, dann mache es doch selbst oder stelle eine Video-Kamera auf, du hast doch eine.«

Jochen lief unruhig in Gernots Zimmer umher. Auch er kam momentan zu keiner realistischen Lösung.

»Ich muss darüber nachdenken. Vielleicht fällt mir noch etwas anderes ein.«

»Mir fällt auf jeden Fall ein, dass es schon 12:30 Uhr ist und ich einen Mordshunger habe. Was haltet ihr davon, wenn wir zu dieser neuen Kneipe in der Innenstadt fahren und dort was essen? Auf selbst kochen habe ich keinen Bock«, schlug Gernot vor.

»Großartige Idee!«

Sebastian war begeistert und Jochen hatte auch nichts dagegen.

Wenig später saßen die drei vor riesigen Schnitzeln.

»Einfach genial! Selten so ein gutes Schnitzel gegessen. Kann man nicht meckern und der Preis stimmt auch«, bewertete Gernot die tellergroßen Stücke.

Erst beim Essen merkten sie, wie hungrig sie waren. Der Einsatz hatte sie doch mehr gefordert, als sie dachten. Ohne ein Wort zu verlieren, schaufelten sie das Essen in sich hinein. Bis plötzlich Sebastian einen Hustenanfall bekam.

»Hey Alter, nicht so hastig essen!«, mahnte Gernot und klopfte seinem Freund auf den Rücken.

Dieser schluckte merklich ein großes Stück Fleisch herunter und flüsterte:

»Ich glaub', ich träume. Da ist eben der Typ von gestern Abend hereingekommen. Und bei ihm ist Margot!«

»Wo?, ich sehe sie nicht«, sagte Jochen enttäuscht.

»Du sitzt ja auch mit dem Rücken zur Tür. Jetzt dreh dich nicht so auffällig rum. Warte noch einen Moment, bis sie sich gesetzt haben.«

Jochen wartete.

»So, jetzt haben sie einen Tisch gefunden. Neben der Eingangstür war noch ein kleiner frei. Sie halten Händchen! Und sie gibt ihm einen Kuss. Ich glaub's nicht!«, sagte Sebastian und war völlig von der Rolle.

»Kann ich mich jetzt endlich mal rumdrehen?«, fragte Jochen, der es nicht mehr aushielt.

»Ja, sie schauen gerade in die Speisekarte, du kannst also.«

Gernot gab Jochen sein ‚Go'.

Jochen drehte sich langsam um und sah wirklich die hübsche Margot mit einem schlaksigen großen Typen mit Bart, schulterlangem Haar und einer markanten Nase.

»Ist er das?«, fragte Jochen.

Mehr fiel ihm nicht ein.

»Ich bin mir nicht hundert Prozent sicher, aber er sieht ihm verdammt ähnlich. Nur heute wirkt er ganz und gar nicht gefährlich. Er sieht eher aus wie ein *Beau*. Und die kleine Margot wie Sophie Marceau in *La Boum*.«

»Stehst du auf die Tussi?«

Gernot war entsetzt.

»Sie ist auf jeden Fall mehr mein Typ als Heidi.«

»Jetzt hört doch mal auf, euch über eure Vorlieben zu streiten. Mich interessiert viel mehr, was macht sie da mit dem? Und woher kennt sie ihn. Wisst ihr was, ich gehe einfach mal rüber.«

Bevor die beiden anderen etwas erwidern konnten, war Jochen aufgestanden und zum Tisch der Verliebten gegangen.

»Tach, Margot, lange nicht gesehen. Auch zum ersten Mal hier?«

Margot schaute zu Jochen hoch und errötete leicht. »Hallo Jochen, ja wir sind ganz spontan hier gelandet.«

Für einen Moment sagte keiner etwas. Jochen schaute von Margot zu ihrem neuen Lover und wieder zurück. Jetzt verstand sie, was er von ihr erwartete.

»Das ist Tobias, er kommt aus Ost-Berlin und ich habe ihn gestern kennengelernt.«

Tobias schaute zu Jochen. Jochen fixierte Tobias. Dann sagte er:

»Ick freu' mir, dich kennenzulernen, wa.«

Jochen war geplättet. Das sollte der Typ von gestern Abend sein? Wenn er den Mund aufmachte, wurde er zur Lachnummer. Grinsend antwortete er: »Freut mich auch.« Mehr brachte er nicht heraus.

Er schaute zu seinen beiden Freunden hinter sich. Sie winkten herüber. Dann fiel ihm nur noch ein:

»Man sieht sich.«

Und sofort machte er auf dem Absatz kehrt.

An seinem Tisch angekommen, erwarteten ihn neugierige Blicke.

»Und? Was ist das für ein Typ«, fragte Sebastian interessiert und voller Neugier.

Der Gesichtsausdruck von Jochen sprach Bände. Er lehnte sich auf seinem Stuhl zurück und lächelte süffisant.

»Dit iss en Berliner. Ooch noch en Ossi! Er heest Tobias. Sein Äußeres passt mal gar nicht zu seiner Stimme und zu der Art, wie er redet. Ich kann mich irren, aber er wirkt etwas naiv.«

»Also naiv war der Typ vor meinem Auto gestern nicht.«

»Wer sagt denn, dass Tobias und dein mysteriöser Kerl ein und dieselbe Person sind?«, bemerkte Gernot.

»*Ich* sage das. Ich könnte schwören, Tobias ist gestern vor mein Auto gesprungen!«, echauffierte sich Sebastian.

»Nicht so laut, die Leute schauen schon zu uns rüber. Was haltet ihr davon, wenn wir einfach die beiden überwachen, dann wissen wir, was er sonst noch so treibt. Jetzt ist die einmalige Gelegenheit, die Fährte aufzunehmen!«

Jochen gab nicht auf.

»Mach du mal, ich bin dazu nicht geeignet. Du hast ja in der Vergangenheit schon öfter solche Ideen in die Tat umgesetzt.«

»Ich bin auch raus. Die Bude zu Hause sieht immer noch schlimm aus. Wenn meine Eltern kommen, will ich sie auf Vordermann gebracht haben.«

»Alles klar. Dann übernehme ich. Zu dritt wären wir sowieso zu auffällig. Ich bleibe heute auf jeden Fall an beiden dran. Und morgen sehen wir weiter. Insbesondere ob wir uns etwas eingebildet haben oder ob es so weitergeht.«

Jochen war nicht zu bremsen.

Es stimmte, dass er gerne Leute beobachtete. Er hatte sich

dafür extra professionell ausgestattet. Angefangen hatte alles mit seinem kleinen Philips-Kassettenrecorder, einem Mikro und einem besonders langen Kabel. Damit hatte er Gespräche seiner Eltern aufgenommen, ohne dass sie es merkten. Auch in der Schule versteckte er sich und versuchte geheime Absprachen, zum Beispiel im Lehrerzimmer festzuhalten. Seit etwa einem Jahr hatte er einen besonders kleinen Recorder und ein Mikrophon mit Sender. Auch eine Videokamera hatte er sich zugelegt. Seine Fotoausrüstung bestand aus mehreren Teleobjektiven und besonders lichtempfindlichen Filmen. Man konnte schon sagen, er war ein Hobby-Detektiv oder Spion. Oft hatte er deswegen schon Ärger bekommen. Einmal wurde er von einem Lehrer erwischt, wie er versucht hatte, ein kleines Mikro im Lehrerzimmer zu verstecken. Das Kabel versteckte er hinter den Regalen und führte es aus einem gekippten Fenster nach draußen. Dort spionierte er während einer Notenkonferenz. Das Ganze flog auf, als die Französischlehrerin, der immer kalt war, das besagte Fenster schließen wollte und es klemmte. Die lange Leitung führte direkt zu ihm.

Heute würde ihm das nicht mehr passieren. Er war älter, auf der Hut und benötigte kein Kabel mehr.

Wenigstens blieben die Freunde noch so lange sitzen, bis das frischverliebte Paar zahlte und die Kneipe verließ. Sicherheitshalber hatten sie schon gezalt.

Jochen sprang sofort auf, als beide draußen waren. Er wartete einen Moment im Windfang und spähte durch die Tür. Sie gingen nach rechts, die Fußgängerzone hinauf.

Möglichst unauffällig folgte er ihnen, was nicht leicht war, denn sie blieben permanent stehen, um sich zu umarmen und zu küssen. Mehrmals musste er so tun, als ob er sich für die Auslagen in einem Schaufenster interessierte oder er ging spontan in eine Passage oder sprang in einen Hauseingang. Margot war völlig hin und weg von ihrer Berliner Eroberung.

Die nimmt nichts mehr wahr, außer ihren neuen Lover, dachte Jochen, als sie nach ungefähr einer halben Stunde vor einem Haus in der Fröbelstraße stoppten, und Margot einen Schlüssel aus ihrer Tasche nahm. Ganz selbstverständlich ging Tobias mit hinein. Als die Tür hinter ihnen ins Schloss fiel, war Jochen klar, die meinte es ernst mit Tobias. *Gestern kennengelernt und heute schon offiziell bei Mama und Papa eingeführt.* Wahrscheinlich würden die beiden erst mal drinnen bleiben. Das Wetter war einfach zu eklig für weitere Spaziergänge. *Und außerdem hat man in dieser Phase sowieso was Besseres zu tun, als sich draußen einen abzufrieren,* dachte er und machte sich auf den Heimweg.

Immerhin wusste er nun, wo er sie wieder antreffen würde.

Nachdem er sich etwas aufs Ohr gelegt und über die ganze Sache nachgedacht hatte, wurde ihm immer klarer: Wenn er wirklich etwas herausfinden wollte, dann musste er noch einmal zurück. Deshalb hielt er es zu Hause nicht lange aus. Um 19:30 Uhr startete er erneut in Richtung Margots Wohnung.

Er musste einfach wissen, ob Tobias bei ihr übernachtete oder noch etwas anderes vorhatte. Die anderen würden ihn für verrückt erklären, aber das war ihm egal. Er schnappte sich seine Fotoausrüstung, setzte sich auf sein Rad und fuhr erneut in die Fröbelstraße.

Es war noch eine Spur kälter geworden, aber wenigstens regnete es nicht. In der Fröbelstraße gab es ausschließlich Ein- und Zweifamilienhäuser. Es war wenig Verkehr und ein Typ mit einem Fahrrad, der hier länger herumlungerte, fiel auf. Ihm blieb nichts anderes übrig, als permanent im Kreis in die umliegenden Straßen zu fahren und immer mal wieder eine Pause im Umfeld des Hauses einzulegen.

Gegen 21:00 Uhr ging die Haustür auf und Margot kam mit ihrem Tobias heraus. Sie öffneten die Garage und nahmen zwei Fahrräder heraus. Jochen fiel sofort der große Sack auf, als Tobias auf ein älteres Männerfahrrad stieg.

Ob der wieder nach Berlin zurückfährt?, fragte sich Jochen, als die zwei in Richtung Innenstadt losradelten.

Er folgte ihnen, was bei der Dunkelheit nicht schwierig war. Nur an einer Ampel, die, als er ankam, leider rot wurde, hätte er sie fast aus den Augen verloren. Als sie den Rathausplatz passierten, war ihm klar, dass es zum Bahnhof ging. Er hielt einen größeren Abstand und wartete, bis die Räder verschlossen wurden. Am Automaten kaufte er vorsichtshalber eine Fahrkarte bis Frankfurt und ging dann zu dem Gleis, auf dessen Bahnsteig sich das Liebespaar gerade leidenschaftlich voneinander verabschiedete.

Tobias stieg in die *S5* nach FFM-Hauptbahnhof, und Jochen tat es ihm gleich. Auf der Fahrt kramte der Berliner immer wieder mal in seinem Seesack herum. Ansonsten bemerkte Jochen nichts Auffälliges.

Erst am Hauptbahnhof wurde es wieder spannend. Gezielt lief Tobias zu einem Schließfach, holte einen Umschlag aus dem Seesack und steckte ihn in seine Lederjacke. Dabei schaute er sich permanent um. Jochen bemerkte völlig andere Gesichtszüge bei dem jungen Mann. Er wirkte jetzt älter und härter im Gesicht.

Zügigen Schrittes verließ er das Bahnhofsgebäude und überquerte den Vorplatz, um die Kaiserstraße entlangzugehen. Dann bog er links in die Moselstraße.

Was will der Typ denn hier? Hatte er noch nicht genug und geht in einen Puff?, fragte sich Jochen, als er von einem fetten Typen, der nicht besonders vertrauenswürdig aussah, angerempelt wurde. *Was mache ich denn, wenn er wirklich in so einen Animierschuppen geht?*

Kaum hatte er diesen Gedanken beendet, war Tobias in einer Bar verschwunden. Jochen wartete einen Moment davor. Er hatte Glück, da das Etablissement recht gut von außen einzusehen war, konnte er erkennen, dass der Berliner sich zu zwei anderen Kerlen an einen kleinen Tisch setzte. Das war die Gelegenheit, schnell ein paar Fotos zu schießen.

Jochen ging auf die andere Straßenseite, bestückte seine Leica mit einem passenden Teleobjektiv und fotografierte, so gut es ging, jeden der drei Männer und auch die komplette Gruppe am Tisch. Spätestens jetzt war für ihn die Sache klar. Mit Tobias stimmte etwas nicht. Der hatte Dreck am Stecken. Er hatte genug gesehen und festgehalten. Jochen machte kehrt und fuhr wieder nach Bad Homburg zurück.

Er würde sich morgen mit den anderen besprechen, was zu

unternehmen war.

Montag, 27. November 1989

Es war Montag, der 27. November. Ein ganz normaler trüber Tag. Einer wie viele andere. Aber nicht für Jochen.

Er wachte schon ungewöhnlich früh auf. In der Nacht hatte er wilde und intensive Träume gehabt. Tobias wäre ein Frauenhändler gewesen, der Margot angebaggert hätte, nur damit er sie an einen Puff verkaufen könnte. Das Treffen im Bahnhofsviertel diente dazu, die Sache klarzumachen. Margot wäre in höchster Gefahr. Und er, Jochen, wäre Mitwisser!

Mit tiefen Augenringen saß er über eine halbe Stunde zu früh am Frühstückstisch. Seine Mutter erkannte sofort, dass etwas mit ihrem Sohn nicht stimmte.

»Jochen, du siehst ja fürchterlich aus. Was habt ihr gestern noch getrieben? Du kamst erst sehr spät nachhause. Wir lagen schon im Bett, als ich die Haustüre hörte.«

»Wir sind noch mit der S-Bahn nach Frankfurt gefahren. Und haben in einer Bar ein paar Cocktails getrunken. Da habe ich einen wohl nicht vertragen. Wahrscheinlich war es einfach zu viel«, flunkerte er.

»Das kenne ich gar nicht von dir! Du trinkst doch sonst nicht übermäßig und Cocktails schon mal überhaupt nicht.«

»Ja, war dumm von mir. Ich sollte das lassen.«

»Aber sonst alles okay, auch bei Gernot?«

»Samstag war es echt nett. Wir haben zusammen gekocht. Seine Eltern waren auf einem Wellness-Wochenende.«

»Das sollte ich mal Hans-Jürgen vorschlagen. Aber ich weiß schon, was er davon halten wird.«

»Nichts, stimmt's?«

»Stimmt.«

»Dann mache ich mich mal auf. Es ist zwar noch etwas früh, aber beim DRK gibt es immer was zu tun.«

»Pass auf dich auf und rase nicht wieder wie ein Verrückter. Deine Kunden bekommen ihr Essen schon noch früh genug.«

»Ja, um genau zu sein, ab 10:30 Uhr.«

Beide lachten über die frühe Zustellung, und Jochen ging es schon etwas besser.

Natürlich hatte er nicht vor, früher in der Zentrale zu sein. Er wollte bei Tageslicht noch einmal zu der Stelle neben dem Seedammbad Parkhaus. Er schwang sich auf sein Rennrad und fuhr los.

Es war viel los unterwegs – Berufsverkehr. Schon, als er vom Ellerhöhenweg in den Seedammweg einbog, staute es sich.

Was ist denn hier los, normalerweise war um diese Zeit kein Rückstau. Er schlängelte sich an den stehenden Autos vorbei und erreichte den Eingang zur Taunus Therme. Dort waren Schilder aufgebaut, die eine Baustelle markierten. Doch momentan war dort kein Arbeiter zu sehen. Die Autos fuhren langsamer als sonst, weil sie die Stelle umfahren mussten. *Klar, dass es hier zu einem Stau kommt,* dachte Jochen. Er stieg von seinem Rad, schob es auf dem Bürgersteig weiter und schaute sich um. Es war kein

Baustellenfahrzeug zu sehen. *Irgendwie komisch, gestern war hier noch keine Baustelle und jetzt ist sie plötzlich da. Und es wird nicht gearbeitet.* Geistesgegenwärtig nahm er seine kleine Pentax aus seinem Rucksack und schoss ein paar Fotos von der besagten Stelle.

Mittlerweile hatten auch die Autofahrer kapiert, dass hier noch nicht gearbeitet wurde, und fuhren, wie immer, zügig an der Stelle vorbei.

Dann machte er sich auch auf den Weg zum DRK. Seine Kunden waren bestimmt schon hungrig.

Montags in der Einsatz-Zentrale war immer viel los. Das reinste Chaos. Vom Wochenende gab es noch einiges aufzuarbeiten. Auf der A5 ereignete sich eine Massenkarambolage und wegen des schlechten Wetters war die Bude voll mit Notfällen gewesen. Wobei die meisten keine Echten waren, sondern nur Leute, die keine Lust hatten, in der Woche beim Arzt zu warten.

In einer der wenigen ruhigen Minuten telefonierte Jochen alle seine Freunde von Samstagabend ab, um zu checken, ob sie heute nach 19:00 Uhr Zeit hätten. Er lockte sie mit neuen Erkenntnissen und betonte, dass er jede Unterstützung gebrauchen könne. Treffpunkt war das *Schnitzelhaus*, die neue Kneipe in der Innenstadt. *Mal sehen, wer kommt?* Jochen hatte keine Zeit, sich weitere Gedanken zu machen; er musste wieder los. Als er in sein klappriges Auto stieg, stank dieses fürchterlich nach Kohlrouladen.

Später am Tag kam er noch einige Male an der Baustelle

vorbei. Noch immer wurde dort nicht gearbeitet. Es hatte sich nichts verändert. Die Straße war weiterhin an einer Stelle verengt und mit einer Absperrung samt Blinklichtern gesichert.

Am Montag nach dem Wochenende mit Tobias, fühlte sich Margot wie der glücklichste Mensch auf der Welt. Alles war wie in einem Traum gewesen. Sie hatten sich sofort perfekt verstanden. Er hörte ihr zu und war zuvorkommend und sensibel. Trotzdem hatte er etwas Geheimnisvolles.

Manchmal, in unbeobachteten Momenten, schaute er nachdenklich und ernst. Fast so, als würde er über etwas Weltveränderndes nachdenken. Sie hatte ihn darauf angesprochen, doch er wiegelte ab und meinte nur: *Meine Jugend in der DDR war nicht immer einfach. Ich habe früh meinen Vater verloren. Das belastet mich immer noch.*

Margot wollte ihm Zeit lassen und nicht gleich tiefer bohren. Vielleicht erzählte er ihr ja eines Tages mehr von seinem Schicksal.

Auch Margots Mutter war positiv überrascht. Zuerst war sie etwas geschockt von den langen Haaren und dem dichten schwarzen Bart. Doch Tobias wickelte auch sie schnell um den Finger. Beim Essen am Samstagabend lachten sie gemeinsam über die Unarten der Berliner und der Hessen. Danach überraschte Tobias sie, weil er noch einmal wegwollte. Es sei so seine Art, nach dem Abendessen eine Runde alleine spazieren zu gehen. Margot wollte natürlich mit, doch er lehnte dies auf charmante Art ab, indem er ins

Ohr flüsterte:

»Wie wär't, du machst dich schick für später? Ick bin ooch bald zurück.«

Er gab ihr einen sanften aber dennoch mehr versprechenden Kuss und verließ die Wohnung.

Wie abgemacht, war er nach knapp einer Stunde wieder zurück.

Margot und ihre Mutter saßen gemeinsam auf der Couch und schauten *Wetten dass ...*

Das frisch verliebte Paar hielt es aber nur ein paar Minuten aus, dann verabschiedeten sie sich und Margot begleitete Tobias ins Gästezimmer. Etwas unsicher flüsterte sie in sein Ohr:

»Ich verschwinde mal kurz ins Bad. Dann komme ich dich holen.«

Sie kam in einem seidenen Bademantel zurück in Tobias Zimmer und sah verführerisch aus. Es brauchte keine besonderen Überredungskünste, um ihn zu ihr in die kleine separate Einliegerwohnung zu locken. Leise schlichen sie über das Treppenhaus in das Souterrain.

Margot hatte Kerzen angezündet und die *Moody Blues* aufgelegt. Es roch nach Räucherstäbchen. Die perfekte Vorbereitung für eine Premieren-Nacht. Tobias zeigte sich auch hier von seiner besten Seite. Margot, die zwar keine Jungfrau mehr war, hatte wenig Erfahrung mit Sex. Also verlangte er nicht zu viel von ihr.

Es war so, wie sie sich eine Nacht mit ihrem neuen Freund

vorstellte. Ein inniges Vorspiel mit vielen zärtlichen Streicheleinheiten, ein vorsichtiges, aber doch männlich dominantes Eindringen in die wonnige Höhle ihres Körpers. Und ein fulminantes Finale, das sie laut stöhnen ließ.

Am Ende lagen sie erschöpft und glücklich nebeneinander.

Dann traute sich Margot, eine intime Frage zu stellen:

»Wo hast du das gelernt, eine Frau so zu befriedigen?«

»Icke? Ick mach bloß das, wat mir in den Sinn kommt und denk' nich lang rum. War's gut für dich?«

Margot küsste ihn erst auf seine behaarte Brust und dann seinen mittlerweile entspannten Freund.

»Ich könnte gleich nochmal!«, sagte sie mit einem erwartungsvollen Lächeln im Gesicht.

»Hast' de wat für'n Durscht in deiner Wohnung?«

Margot hatte ihren Kühlschrank gerade aufgefüllt und gab Tobias eine Flasche Wasser, die er in einem Zug zur Hälfte leer trank.

»Tut das gut! Jetzt kann's weitergehen!«, sagte Tobias erfrischt und landete mit einem großen Sprung neben Margot im Bett.

Seine Hand fand sofort den Weg an die richtige Stelle.

Gegen 2:00 Uhr nachts schliefen beide ermattet vom immer wieder aufflammenden Liebesspiel ein.

Den Sonntagmorgen verbrachten sie mit Frühstück und Kuscheln im Bett. Gegen 12:30 Uhr meinte Margot:

»Komm lass uns mal an die frische Luft gehen. Vielleicht finden wir ja, was Deftiges zu essen.«

So landeten sie kurz nach 13:00 Uhr im *Schnitzelhaus*.

Etwas verwundert war sie schon, dass Jochen zu ihnen an den Tisch kam. Sonst würdigte er sie keines Blickes. Sie kannten sich oberflächlich vom Sehen und hatten zusammen Abi gemacht. Doch er hing meistens mit Samuel und Gernot herum. Alle drei waren nicht so ihr Fall. Gernot war derb. Samuel ein Träumer. Und Jochen irgendwie unberechenbar. Und so passte dann auch seine Aktion im *Schnitzelhaus* perfekt zu ihm. Die anderen starrten dauernd herüber, und sie traute sich kaum noch Tobias anzufassen. *Schön blöd*, hatte sie sich über sich selbst geärgert; *wären wir nur zu Hause geblieben. Jetzt wissen alle, dass ich einen neuen Freund habe!*

Aber so etwas ließ sich sowieso nicht verheimlichen. Schon gar nicht in einem Ort wie Bad Homburg, wo jeder jeden kennt.

Der Abschied von Tobias war traurig und schmerzhaft für sie gewesen. Sie wollte ihn unbedingt noch zur S-Bahn begleiten. Da es zu weit war, um dort hinzulaufen, durfte Tobias das alte Fahrrad von ihrem verstorbenen Vater benutzen. Sie überließ ihm die Schlüssel für das Schloss, in der Hoffnung, dass er bald wieder zu ihr zurückkehrte und das Rad dann nutzen könnte.

In dem Moment, wo klar war, dass er sie wieder verlassen musste, kippte die Stimmung zwischen ihnen merklich. Die Lockerheit, die ihn bisher so sympathisch machte, wich einem beklemmenden Gefühl, das sich auch schwer auf Margots

Brust legte. So sensibel er auch war, so stark waren auch die Schwingungen, die er sendete, wenn es ihm anscheinend nicht so gut ging.

Sie hatte diesen Mann keine 48 Stunden erlebt, doch er hatte sie verzaubert und gleichzeitig schwermütiger gemacht, als sie es von sich gewohnt war. Als die Tränen beim Abschied flossen, zerrte auch irgendetwas in ihrer Magengegend. So eine Anspannung, wie vor einer Prüfung, auf die man sich nicht richtig vorbereitet hatte, machte sich breit. Und sie ging nicht weg.

Selbst heute, einen Tag später, als Margot sich im Bad für die Uni fertigmachte, entdeckte sie, als sie sich im Spiegel sah, ein Zucken um ihren Mund. Ein eindeutiges Zeichen für Nervosität, dabei gab es heute nichts Besonderes zu schaffen. *So ein Quatsch*, dachte sie.

Frei nach den *Boomtown Rats,* summte sie ‚*I don't like Mondays*‘ vor sich hin. Um sich zu motivieren, zog sie eine farbenfrohe Bluse an und verließ das Haus, wie immer ohne zu Frühstücken, in Richtung Uni nach Frankfurt, wo sie Kunst und Kunstgeschichte studierte.

Auf der Fahrt musste sie andauernd über Tobias nachdenken. Sie hatte noch nicht viele Männer kennengelernt. Mit einer noch kleineren Zahl war sie intim gewesen. *Waren alle so wie er?* Zu Anfang war ihr nicht aufgefallen, wie wenig er sprach. Vielleicht lag es daran, dass, wenn er in seinem Berliner Slang sprach, sie das besonders intensiv wahrnahm und deshalb das Gefühl hatte, er erzählte viel. Als sie jetzt auf der unbequemen Sitzbank in der S-Bahn saß, fiel ihr im Nachhinein auf, dass er ihr rein gar nichts über sich erzählt hatte. Wie dumm von ihr, sie hatte auch nicht gefragt. Sie war nur damit beschäftigt gewesen, ihn anzusehen oder ihn zu küssen. Sie nahm sich fest vor, es beim nächsten Mal anders zu machen. Sie wollte den Menschen Tobias kennenlernen. Denn, der Spruch: *Liebe auf den ersten Blick,* der galt auf alle Fälle für sie, da war sie sich sicher.

Nie würde sie die Momente in der *Schirn* vergessen. Oder die im *Opern-Café.* Sie war jetzt über ein Jahr Single gewesen. Allein mit sich, in ihrer kleinen Wohnung. Das Studium machte ihr enormen Spaß. Sie hatte sich auf jeden Fall richtig entschieden. Kunst war ihre Leidenschaft. Nur mit Liebe wollte es nicht klappen. Und dann trat dieser Mann in ihr Leben. Er war wie die Verkörperung ihrer Träume.

Ein heißer Nadelstich durchzuckte ihren Körper. *Hoffentlich hatte sie sich nicht in ein Traumbild verliebt. Und Tobias nur als eine Art Projektionsfläche für ihre Wünsche genutzt. So ein Quatsch! Die Küsse, der Sex, die Blicke, alles war echt gewesen. Er war eben ein Stiller. Nicht alle reden so viel wie du, Margot,* beruhigte sie sich. Nur an einem Punkt gestand sie sich einen Fehler ein: Sie hatte nicht nach seiner Adresse in Berlin gefragt, oder nach einer Telefonnummer. Als sie sich verabschiedeten, hatte er beteuert:

Ick komm bald zu dir zurück. Und dann melde ick mich sofort bei dir.

Danach hatte er sie ein letztes Mal leidenschaftlich geküsst. Als die Tür der S-Bahn sich hinter ihm schloss, war er auch schon verschwunden. *Komm wieder zurück zu mir, ich vermisse dich schon jetzt!*

Aber irgendetwas in Margot sagte ihr, ihr Wunsch würde nicht in Erfüllung gehen.

»Super, ihr seid ja fast alle gekommen!«, freute sich Jochen.

Beate, Heidi, Sebastian, Samuel und auch Gernot saßen gemeinsam mit ihm an einem großen Tisch im *Schnitzelhaus*, nur Kirsten und Holger fehlten. Aber das war kein Beinbruch, wie Jochen feststellte.

Gernot war wie immer komplett ausgehungert und musste erst einmal die Karte studieren. Auch die anderen hatten nichts dagegen, gleich zu bestellen und eines der überdimensionalen Schnitzel zu essen. Nachdem die Bedienung ihre Wünsche aufgenommen hatte, fragte Sebastian voller Neugier:

»Und, hat sich dein Verdacht bestätigt? Stimmt etwas nicht mit Tobias?«

Jochen schaute vielsagend in die Runde:

»Ich bin der festen Überzeugung, dieser Mann hat Dreck am Stecken!«

»Ist das mal wieder eine von Jochens berühmten Halluzinationen?«, merkte Beate kritisch an.

»Woran machst du dein Urteil fest?«, fragte Samuel.

»Also, ich bin ihm am Sonntagabend gefolgt.«

»Du schreckst auch vor nichts zurück. Hat er nichts gemerkt?«, fragte Heidi wieder mal besorgt.

»Jetzt lasst ihn einfach mal am Stück erzählen, so kommen wir doch nicht weiter.«

»Danke, Gernot. Also, wie ich schon vermutet hatte, sind sie zu Margot gegangen und haben dort den Nachmittag und den frühen Abend verbracht. Ihr könnt euch sicher vorstellen, was sie da so getrieben haben.«

»Das wollen wir nicht im Detail wissen, oder hast du gespannt?«, erregte sich Beate.

»Nein, wo denkst du hin, soweit würde ich nicht gehen. Nachdem sie im Haus verschwunden sind, bin ich auch erst einmal zu mir zurück nachhause. Es war ein guter Fußmarsch. Und die Nacht davor war anstrengend, also habe ich eine Runde Schlaf nachgeholt. So um acht Uhr abends habe ich mich auf mein Rad gesetzt und bin erneut in die Fröbelstraße gefahren. Nach ein paar Runden um den Block kam ich genau zur richtigen Zeit am Haus vorbei, denn die beiden schwangen sich gerade auf ihre Räder und düsten ab in Richtung Innenstadt. Ich also hinterher. Es ging geradewegs zum Bahnhof. Dort verabschiedeten sie sich innig. Er stieg in die *S5* in Richtung Frankfurt-Hauptbahnhof. In weiser Voraussicht hatte ich mir einen Fahrschein gekauft. Ich folgte dem Berliner, der einen großen Seesack dabeihatte.«

»Das klingt alles überhaupt nicht verdächtig. Reine Zeitverschwendung.«

»Jetzt warte doch mal ab, Beate. Wir fuhren bis zur Endstation – Hauptbahnhof. Dort ist er ausgestiegen und schnurstracks zu den Schließfächern gelaufen. Er wollte seinen schweren Seesack loswerden. Warum er das tat und nicht in einen Zug nach Berlin eingestiegen ist, der in wenigen Minuten abfahren sollte, das klärt sich gleich auf.«

Jochen unterbrach seinen Bericht, denn die Bedienung kam mit riesigen Tellern, auf denen noch größere Schnitzeln lagen. Gernots Augen strahlten. Wobei sein Blick von einem Schnitzel zum anderen wanderte.

»Du vergleichst doch nicht etwa dein Schnitzel mit den unseren?«, fragte Heidi empört und belustigt zugleich.

»Doch, deines ist viel größer. Bei mir haben sie gespart«, meckerte Gernot enttäuscht und schaute auf seine etwas kleineren Fleischstücke, die nicht ganz so weit über den Tellerrand ragten.

»Komm, du Vielfraß, du kannst meinen Teller haben«, erbarmte sich Beate und schob ihm ihre recht große Portion zu. Sofort kehrte die gute Laune bei Gernot zurück und er gab gerne seine *viel zu kleine* Portion an Beate. Nach ungefähr zehn Minuten stillen Schlemmens nahm Jochen seine Berichterstattung wieder auf.

»Der Seesack hat mich schon auf der Fahrt beschäftigt. Immer wieder wühlte er darin und überprüfte den Inhalt. So, als ob er etwas suchte oder schaute, ob etwas noch da war. Einmal nahm er einen klobigen Fotoapparat heraus und putzte die Linse. Wahrscheinlich war das ein Modell aus der DDR, so wie es aussah. Es stand *Praktika* darauf. Wie auch immer, jedenfalls ging er, ohne weiteren Aufenthalt, in die Kaiserstraße. Ihr kennt ja das Bahnhofsviertel. Mittlerweile war es schon nach halb zehn und dort war gut was los. Ich wurde mehrmals angesprochen, ob ich nicht in eine dieser Bars kommen wollte. Die eine oder andere aufgetakelte Lady versuchte, mich von sich zu überzeugen.«

»Das gefällt dir, Jochen, da blühst du doch auf!«, lästerte Sebastian.

»Na ja, so angenehm war das nicht. Ich war ja wegen etwas anderem dort. Und Sebastian, du kannst gerne mal alleine abends dort langlaufen. Es fühlte sich nicht besonders gut an. Jedenfalls, nachdem Tobias, ohne sich umzusehen, nach links in die Moselstraße abgebogen war, bin ich ihm natürlich gefolgt.

Beinahe hatte ich verpasst, wie er in eine Bar oder ein Café hineingegangen war. Er muss dort verabredet gewesen sein, so gezielt hatte er die Adresse angesteuert. Damit ich ihn weiter gut beobachten konnte, bin ich auf die andere Straßenseite gegangen und versteckte mich dort in einem Hauseingang, von dem aus ich direkten Blick in das große Fenster des Lokals hatte. Und wie ich es vermutete, saß er dort gemeinsam mit zwei anderen Gestalten an einem kleinen Tisch. Sie unterhielten sich angeregt. Ich habe Fotos mit meinem Teleobjektiv gemacht. Die Bilder lasse ich gerade entwickeln. Ich bekomme sie morgen, da können wir genauer sehen, mit wem er gesprochen hat.«

»Und dann? War das etwa alles?«

Sebastian war enttäuscht.

»Was erwartest du? Dass er losgeht und jemanden umbringt? Ich finde, falls das der Typ ist, der dir vor dein Auto sprang und der die Anleitung für die Aufstellung einer

Lichtschranke am Seedammbad verlor und gestern nicht nach Berlin zurückfuhr, sondern im Bahnhofsviertel ein Treffen mit zwielichtigen Gestalten hatte, dass diese Fakten ausreichen, um an ihm dranzubleiben.«

Es herrschte erst einmal Ruhe. Alle dachten über Jochens Resümee nach. Außerdem zeigten die Schnitzel ihre ermüdende Wirkung.

Samuel fand als Erster seine Sprache wieder:

»Was können wir tun, um noch mehr herauszufinden? Wir wissen nicht, wo er wohnt oder was er vorhat. Außerdem sind wir weder die Polizei noch der Geheimdienst.«

Da Jochen die ganze Zeit erzählt hatte, kaute er immer noch an seinem zweiten Schnitzel, das den Teller ausfüllte. Mit vollem Mund antwortete er selbstbewusst: »Das stimmt, was du sagst. Es gibt für uns nur zwei Möglichkeiten. Erstens, wir müssen mehr über ihn erfahren, damit wir seine möglichen Schritte eventuell voraussagen können. Zweitens, wird er, wenn er Besitzer der Anleitung ist, an den Ort zurückkehren, an dem er diese verloren hat. Zum einen, weil er sie noch braucht, zum anderen, weil es ein Indiz ist, das für ihn gefährlich werden könnte.«

»Du machst *Hercule Poirot* voll Konkurrenz, Jochen«, stellte Heidi bewundernd fest.

»Danke für die Blumen. Schreiten wir zur Tat, wie der kleine Belgier sagen würde. Heidi, Beate, wer von euch beiden kann mit Margot sprechen? Natürlich ohne, dass sie Verdacht schöpft. Erwähnt bitte auf keinen Fall unsere Aktivitäten in dieser Sache. Zeigt einfach Interesse an ihrem neuen Freund.

Wir Männer sind zu unsensibel die richtigen Fragen zu stellen.«

Die beiden Frauen schauten sich an.

»Ich übernehme das«, entschied Heidi.

Beate war froh über den Vorschlag, denn sie hatte keinen Draht zu Margot. Heidi konnte sich ohnehin in andere Menschen besser einfühlen, insbesondere Frauen.

»Sehr gut. Ich überlasse es dir, wie du es anstellst. Bitte erledige es aber bald, am besten gleich morgen. Vielleicht fährst du zufällig mit ihr zusammen mit der S-Bahn nach Frankfurt.«

»Gute Idee, das werde ich tun.«

Heidi war erleichtert über den Vorschlag von Jochen.

»Gernot, wir beide werden noch heute Abend die Anleitung wieder an die Stelle legen, wo du sie gefunden hast. Natürlich habe ich das kleine Heft abfotografiert, damit wir einen Beweis haben«, bemerkte Jochen überzeugt und fragte: »Meinst du, du findest sie auch im Dunkeln wieder?«

»Ich denke schon. Ich nehme auf jeden Fall wieder mein *Maglite* mit.«

»Und was soll dieser Aufwand?«

Samuel war – wie alle wussten – kein Freund von sinnloser Arbeit.

»Sieh es einfach mal so. Du bist jung, dir ist langweilig in deiner Bank und ich biete dir etwas Abwechslung und vielleicht sogar Spannung. Auf jeden Fall besser, als zu Hause rumhängen und in die Mattscheibe zu glotzen.«

Jochen hatte immer Argumente, wenn er etwas von

anderen wollte.

»So lange du von mir keine Mutproben verlangst, ist alles okay. Was soll ich also machen?«

»Du, Sebastian, Gernot und ich übernehmen die Observation des Gebietes rund um das Seedammbad und die Taunus Therme.«

»Und das soll wie lange gehen?«, fragte Sebastian ungläubig.

»Schauen wir mal. Ich denke, falls etwas passiert, dann eher im Dunkeln. Da ist der November ein perfekter Monat. Wir sollten uns also ab morgen gegen 17:00 Uhr dort treffen. Ich überlege mir noch einen Einsatzplan.«

»Ich kann aber erst ab 17:30 Uhr, komme erst um 17:00 Uhr aus der blöden Bank raus.«

»Kein Problem, Sebastian. Das berücksichtige ich.«

»So Leute, wer hat Lust auf einen Schnaps? Nach der Portion Schnitzel brauche ich was zur Verdauung.« Gernot schaute auffordernd in die Runde.

»Ich lade euch ein.«

Bis auf Heidi stimmten alle zu.

»Auf den vermeintlich gefährlichen Tobias!«

Auch wenn sie alle lachten, einer war sich sicher, dass an dieser Aussage etwas Wahres dran war.

Noch am selben Abend legten Gernot und Jochen die Bedienungsanleitung für die Lichtschranke wieder an den ursprünglichen Fundort zurück. Es war leichter, als sie dachten, denn der Stolperstein zeigte ihnen die Stelle: gerade einmal einen Meter neben dem Bürgersteig in einem immergrünen Kirschlorbeer. Sie schauten sich noch einmal um, doch es war nichts Verdächtiges zu sehen. Nur die kleine Absperrung auf der anderen Straßenseite war weiterhin da, und das orangefarbene Warnlicht blinkte stetig.

»Komm, lass uns zurückfahren. Ich habe morgen einen harten Tag in der Metro vor mir.«

Gernot setzte Jochen im Rebenweg ab und fuhr dann in seinem Fiat Panda nachhause. Wie meistens, konnte Jochen nicht gut einschlafen. Er war schon am Einsatzpläne schmieden und gespannt darauf, welche Informationen Heidi von Margot erhielt.

Auch durfte er nicht vergessen, die entwickelten Fotos im Fotogeschäft in der Luisenstraße abzuholen. Sein letzter Gedanke, bevor er einschlief, war:

Morgen muss ich mir unbedingt mal das Parkhaus am Seedammbad genauer ansehen.

Dann schlief er traumlos bis zum nächsten Morgen durch.

Dienstag, 28. November 1989

Seit wann stehen Studentinnen morgens früh auf, fragte sich Heidi, als sie in ihrem Kinderzimmer aufwachte. Sie hatte es bisher nicht geschafft, auszuziehen. Es war so bequem bekocht zu werden und da sie keinen besonderen Eifer besaß, Karriere zu machen, war sie nach dem Abi dortgeblieben, wo sie sich wohl fühlte – zu Hause.

Sie hatte zwar nur ein kleines Zimmer, aber es genügte ihren Ansprüchen. Tagsüber entwickelte sie neue Strickmuster und abends traf sie sich ab und zu mit Freundinnen oder saß mit ihrer Mutter vor dem Fernseher. Einen Freund hatte sie bisher nicht, jedenfalls keinen festen. Vor einigen Wochen hatte sie ein Auge auf Gernot geworfen. In letzter Zeit schien er das endlich auch zu registrieren. So kam es ihr jedenfalls letzten Samstag vor. Die wenigen Momente, die sie gemeinsam in der Küche verbrachten, genoss sie aus vollen Zügen. Es fühlte sich fast so an, wie wenn sie zusammenwohnen würden. Sie kochte leckere Sachen und er kümmerte sich um die Gäste.

Vielleicht kriege ich ihn dazu, sich ernsthaft für mich zu interessieren, träumte sie vor sich hin.

Als sie auf ihren Wecker schaute war es schon 7:30 Uhr. *Heidi, raus aus den Federn. Du hast heute einen wichtigen Auftrag zu erledigen!* Sie sprang kurz unter die Dusche, trank den bereitgestellten Kaffee und aß das leckere Croissant, das ihre Mutter extra für sie aufgebacken hatte. Die Wohnung der Hinkels war nicht weit von der Bad Homburger S-Bahn-Station entfernt.

Kurz nach acht Uhr stand sie am Gleis und wartete. Um diese Uhrzeit kamen die S-Bahnen im Zwanzig-Minuten-Takt. Bei der ersten, die in den Bahnhof einfuhr, stand *keine* Margot wartend am Gleis. Auch nicht bei der Dritten. Kurz nach neun endlich, kam sie schnaufend am Bahnsteig an. Wie immer schick und geschmackvoll gekleidet. Margot bevorzugte kräftige Farben und Muster. Ein Vorteil, wenn man sie in einer Menge von Leuten entdecken wollte, erkannte Heidi in diesem Moment. Heute Morgen war es nicht schwer, sie zu sehen, denn sie lief Heidi direkt in die Arme. Gut gelaunt begrüßte das attraktive Mädchen die ehemalige Schulkameradin.

»Hallo Heidi, fährst du auch nach Frankfurt? Doch wohl nicht an die Uni? Oder hast du deine Meinung bezüglich eines Studiums geändert?«

»Hallo Margot, nein, was denkst du? Ich will zu *Wolle Rödel* in die Töngesgasse und mir Nachschub besorgen.«

»Immer noch verrückt nach Stricken! Unsere Heidi kann es nicht lassen. Wann machst du deinen eigenen Laden auf?«

»Dazu muss ich ...«

Der Rest ihres Satzes wurde von der einfahrenden S-Bahn verschluckt. Beide stiegen in den nächstbesten S-Bahnwagen ein und fanden einen Platz nebeneinander.

»Was ich sagen wollte, ist, dass ich erst einmal Kapital brauche. Ich habe mich schon mal in den Frankfurter

Stadtteilen umgesehen, und ich denke, Bockenheim ist am besten geeignet. Dort gibt es noch viele kleine Läden, und die Uni ist in der Nähe. Also, wie ich vermute, wäre hier das richtige Umfeld.«

»Stimmt. Bei mir in den Vorlesungen sitzen einige Kommilitoninnen, die andauernd stricken. Beste Voraussetzungen also.«

»Schon lustig, erst sehen wir uns wochenlang nicht und jetzt kurz hintereinander gleich zweimal.«

»So ungewöhnlich finde ich das nicht. Wir wohnen immerhin beide in Bad Homburg und das ist nicht Frankfurt.«

Margot geht gleich in die Offensive.

»Wie hat dir das *Schnitzelhaus* gefallen? Jochen hat mir erzählt, dass er dich und deinen neuen Freund dort getroffen hat. War euer Essen gut?«

Mit einem verzückten Lächeln antwortet Margot:

»Ganz ehrlich, ich habe kaum einen Bissen runterbekommen, so aufgeregt war ich. Und dann waren Gernot, Sebastian und Jochen am Nachbartisch. Es war irgendwie unangenehm für mich.«

»Wieso denn? Freu' dich doch – du hast einen attraktiven Freund gefunden. Schau mich an. Meine Versuche scheiterten bisher kläglich.«

»Von Freund kann man noch nicht sprechen. Wir haben uns erst einen Tag zuvor kennengelernt. Es war so romantisch!«

»Echt jetzt, das muss ja Liebe auf den ersten Blick gewesen

sein!«

»Du sagst es. Wir haben uns in die Augen geschaut, und der Blitz hat eingeschlagen. Seitdem können wir nicht mehr voneinander lassen.«

»Wie wundervoll! Das klingt wie in einem Liebesroman. Er sieht wohl sehr männlich aus. Jochen sagte mir, er heißt Tobias und kommt aus Berlin.«

»Der Jochen, wenn der was erfahren will, dann ist er ganz schön forsch und erzählt es auch gleich weiter! Erst wussten wir nicht, was er von uns wollte. Aber Tobias hat gut reagiert und Jochens Blick standgehalten. Manchmal kommt er mir wie ein Detektiv vor. Gibt keine Ruhe, bis er eine Antwort bekommt.«

»Jochen ist ein Fall für sich. Hat seinen eigenen Kopf und geht damit durch jede Wand.«

»Seht ihr euch öfter?«

»Ab und zu. Ich habe eher Kontakt zu Gernot. Und wo er ist, ist Jochen nicht weit.«

Die S-Bahn fuhr gleich in den West-Bahnhof ein, und Margot musste aussteigen. Heidi stand einfach mit ihr auf und begleitete sie zum Ausgang, obwohl sie noch einige Stationen vor sich hatte.

»Wann siehst du deinen Tobias wieder? Wie heißt er eigentlich mit vollem Namen?«

»Koch, das ist sein Nachname. Er ist erst einmal zurück nach Berlin. Wie du weißt, ist die Grenze erst seit zwei Wochen auf und da darf man wohl noch nicht so lange in den Westen reisen.«

Heidi lächelte Margot verständnisvoll an. Sie hatte die wichtigsten Informationen von ihr erhalten.

»Du musst gleich raus. Ich fahre noch bis zur Konstabler Wache.«

Hastig verabschiedeten sich die beiden jungen Frauen voneinander.

Als Margot am Westbahnhof auf den Bus zur Uni wartete, machte sie sich Gedanken über das Gespräch, das sie gerade hatte: *Die Heidi ist ganz schön neugierig. Das war mir bisher gar nicht aufgefallen.*

Als der Bus drei Minuten später an der Haltestelle stoppte, hatte sie ihren Argwohn schon wieder vergessen, denn die Erinnerungen an Tobias ließen sie innerlich ein wenig erröten und von mehr träumen.

Eine richtige Mittagspause gab es für Jochen nicht. Meistens holte er sich bei einem Bäcker ein belegtes Brötchen oder manchmal hielt er auch an einem Imbisswagen. Da heute das Wetter ganz okay war, entschied er sich für ein Würstchen mit Pommes und eine Cola. Er saß in seinem dicken Parka auf einer Bierbank und stopfte das Fast Food in sich hinein. Vor sich hatte er einen kleinen Block, auf dem er den Einsatzplan für die Woche entwerfen wollte.

Dazu kam er aber nicht. Denn neben ihm saßen Straßenarbeiter der Stadt, die sich lautstark unterhielten. So bekam er das Gespräch der orangefarben gekleideten Männer mit und lauschte interessiert.

»Isch hab' weklisch kaa Bock mehr uff diese scheiß

Blädder, diesäe elende Dinger. Tonneweise karre mir den Kram zur Deponie. Und es nimmt afach kaa End. Es kimmt als nach!«

»Moomendemal, du kunst doch froh sin, dass du net wie mir in de Erd buddeln musst. Bei dem Sauwedder ist das kaa Vergnüge. Ich weiß auch net, warum mir im November die Straß' uffreiße müsse. Heut' kam schon wieddäer e Baustell dazu.«

Jochen horchte auf. Ganz typisch für ihn, mischte er sich in das Gespräch der Straßenarbeiter ein.

»Schafft ihr da beim Seedammweg? Dort ist doch seit Tagen abgesperrt und nichts passiert.«

Die drei Männer schauten den jungen Mann in der weißen DRK-Kluft verdutzt und ungläubig an.

»Was intressierst'n du dich für unser Baustell? Hast wohl nix Besseres zu tun, du Bambelschnut?«, erwiderte einer der Männer.

»Nur so, ich komme halt jeden Tag bei der Taunus Therme vorbei. Fahre Essen auf Rädern aus.«

»Horschema, kennt aanäer viellaascht e Baustell dort? Isch net.«

»Mir arbeide eh woanners«

»Abbäer wie gesagt, die Stadt hat selbst de Übbersischt über de ganze Baustell verlore. Mir fange an de verschiedenste Stelle an zu buddele un dann wedde mir wieder woanners hi' gerufe.«

»Ei da säschst de wass, da säschst de wass!«

»Un jetzt müsse mir uns jeedefalls uffrabbele. Unser

Vorarbeiter kimmt gleich vorbei. Mir dürfe nämlisch uns're Pause net überziehe, gell.«

Die drei Männer erhoben sich geräuschvoll, warfen ihre Pappteller in die Mülltonne und stiegen in ihren VW-Pritschenwagen.

Verwundert blieb Jochen, noch einige Minuten sitzen. Auf jeden Fall würde er heute auf dem Rückweg noch einmal schauen, ob sich an der vermeintlichen Baustelle etwas getan hatte.

Gegen 17:00 Uhr stellte Jochen sein Fahrrad an einem der Poller gegenüber der Einfahrt des Seedammbad-Parkhauses ab. Er war überrascht, denn es war offensichtlich an der Baustelle gearbeitet worden, während er heute mal wieder unendlich viele von diesen leckeren Alu-Essen ausgefahren hatte. Jedenfalls gab es einen schmalen, etwa dreißig Zentimeter breiten neuen Teerstreifen, der quer über die ganze Breite der Straße ging. Den musste er unbedingt inspizieren. Dabei konnte er sich aber nicht mitten auf die Straße stellen und die Arbeit, die dort verrichtet wurde, überprüfen. Der Verkehr war einfach zu dicht um diese Zeit.

Also kniete er an der Bordsteinkante nieder und erkannte, dass der Streifen auch über den Bürgersteig weitergeführt wurde. Während er die Arbeit genau inspizierte, fragte er sich, was denn hier verlegt wurde. Seiner Meinung nach sah es aus, wie eine der Schleifen, die vor Ampeln in den Boden kommen, um diese auf grün zu schalten und die Wartezeit der

Autos zu verkürzen.

Aber wieso wurde sie gerade an dieser Stelle verlegt? Es gab hier keine Ampel. Ein Zebrastreifen allerdings, wäre schon immer angebracht gewesen, damit die vielen Besucher der Taunus Therme sicher über die Straße gehen konnten.

Nachdem er den Streifen im Boden bis zum Ende verfolgt hatte, entdeckte er ein Kabel, das aus der Erde kam. Momentan lag es einfach so herum. *Wo sollte dieses hinführen?* Strom gab es wahrscheinlich auf beiden Seiten der Straße, denn überall waren Straßenlaternen.

Verwundert überquerte er die schmale Straße erneut. Ein Auto hupte, als er in Gedanken verloren auf die andere Seite ging. Jetzt stand er fast genau an der Stelle, wo sie gestern die Anleitung wieder zurück in den Busch gelegt hatten. *Mist, keine Taschenlampe dabei,* fluchte er leise vor sich hin.

Aber das Licht der Laternen und der vorbeifahrenden Autos reichte aus, um den schmalen, dicht bewachsenen Streifen zwischen dem Bürgersteig und der Wand vom Seedammbad zu inspizieren. Zu seiner Verwunderung war das kleine Heftchen nicht mehr da. Er schaute ein zweites Mal und ein drittes Mal akribisch in den Büschen nach, sogar unter den welken Blättern, die in dieser Jahreszeit überall herumlagen. Es war keine Anleitung zu finden! Dafür entdeckte er etwas anderes, seiner Meinung nach, etwas weitaus mehr Verdächtiges: Auch auf dieser Straßenseite kam ein dünnes Kabel aus der Erde.

Die Tatsache, dass es dünn war, machte ihn stutzig. Falls es ein Starkstromkabel gewesen wäre, hätte er sich die

Verwendung erklären können. Eventuell benötigten die Arbeiter für irgendwelche späteren Renovierungsarbeiten in dem Seedammbad-Parkhaus Strom und holten sich diesen von der anderen Straßenseite. Es könnte auch umgekehrt sein. Er wusste ja nicht, ob hier irgendwo ein Starkstromkasten angezapft werden konnte oder nicht.

Auch hier ging Jochen in die Hocke und überprüfte die Art des Kabels. Es war nur ein gewöhnliches dreiadriges Kabel. Auf jeden Fall keines, das geeignet wäre, hier länger zu liegen und etwas dauerhaft mit Strom zu versorgen. Auch die Art, wie die Straßendecke geschlossen wurde, war mehr als stümperhaft. Das würde bei diesem Verkehr keinen Winter halten. *Ich muss hier unbedingt zurückkommen und Fotos machen,* sagte er zu sich, als ein Mann ihm von hinten auf die Schulter tippte.

»Haben Sie ihre Geldbörse immer noch nicht gefunden, junger Mann?«

Auch das noch, der Rentner vom Sonntag.

»Äh, leider nicht. Sie ist weg. Ich will es einfach nicht hinnehmen, deshalb bin ich noch einmal hierher zurückgekommen.«

»Geben Sie es auf! Wahrscheinlich hat einer die schon längst mitgenommen. Waren Sie mal beim Fundbüro? Es soll ja auch ehrliche Menschen geben.«

»Gute Idee. Das werde ich machen.«

Jochen wischte sich den Staub von seiner weißen Hose, denn er war immer noch in Dienstkleidung. Der alte Mann schaute sich um und dann wieder zu Jochen. Dann bemerkte er:

»Diese Baustelle ist schon komisch. Ich bin heute dreimal hier vorbeigekommen. Jetzt ist es das vierte Mal. Sie müssen wissen, meine Frau kann nicht mehr raus, da muss ich alles erledigen. Einkäufe, Rezepte abgeben, Medikamente abholen. Und da ich kein Auto mehr fahren darf, wegen meiner Augen, laufe ich jede Strecke. Das hält fit.«

Der Rentner wurde Jochen sympathisch. Er hatte viel mit alten Leuten zu tun. Dieser hier schien eine positive Ausnahme zu sein. Meckerte nicht herum, sondern nahm die Sache selbst in die Hand.

»Sie haben Recht, ich habe mich auch schon gewundert, was hier verlegt wurde. Haben Sie eine Idee, was die hier vorhaben?«, fragte Jochen ahnungslos.

»Kommt mir so vor, als ob es sich um ein Provisorium handelt. Jedenfalls, als ich heute Mittag vorbeikam, waren hier nicht die üblichen Arbeiter. Die Leute sahen eher aus wie Techniker, weniger wie gestandene Straßenarbeiter.«

»Interessant. Das passt zu meiner Vermutung.«

Jetzt wurde der Alte neugierig:

»Was für eine Vermutung haben Sie denn?«

Jochen ärgerte sich gleich über seine Offenheit. Für einen Rückzieher war es aber zu spät.

»Das ist so ein Hobby von mir. Ich spiele gerne den Detektiven. Und vermute überall Verbrechen.«

Der Rentner kam ihm näher und flüsterte:

»Dann kann ich Sie ja bei der Suche als Hilfskraft unterstützen. Ich habe viel Zeit und mir ist langweilig!«

Du meine Güte, wo habe ich mich da nur hineinmanövriert? Was soll's!, dachte er sich. *Der Mann scheint noch rüstig zu sein, und er selbst und die anderen konnten während ihrer Arbeitszeit nicht hier vor Ort sein und die Lage überwachen.* Deshalb formulierte er eine vorsichtige Antwort.

»Sie können ja immer, wenn Sie hier zufällig vorbeikommen, die Augen aufhalten. Wenn ihnen etwas verdächtig vorkommt, rufen Sie mich bitte an. Haben Sie vielleicht einen Zettel und einen Stift dabei?«

Die Augen des älteren Herrn leuchteten auf, und er griff in seine Manteltasche und holte einen kleinen Block und einen dazugehörigen Kuli hervor.

»Ich habe immer etwas zu schreiben dabei. Damit ich nichts vergesse, wenn mich meine Frau schickt.«

Jochen kritzelte seine Telefonnummer und seinen Namen auf das kleine Blatt Papier.

»Danke für Ihre Unterstützung! Jetzt muss ich aber los. Abendessen!«

»Mein Stichwort. Martha wartet bestimmt schon auf mich.«

»Machen Sie's gut. Und vielen Dank!«

Jochen überquerte die Straße und stieg auf sein Fahrrad. *Ob ich jemals von ihm hören werde?*

Aber er würde sich noch wundern.

Nach dem Abendessen fand er endlich Zeit und Ruhe, den Einsatzplan zu schreiben. Er sah vor, dass sie ab 17:00 Uhr bis 19:00 Uhr und dann von 19:00 Uhr bis 22:00 Uhr jeweils zu zweit vor Ort waren. Er verteilte die Anwesenheit möglichst gerecht zwischen Gernot, Sebastian, Samuel und sich. Morgen konnte er die Spätschicht leider nicht übernehmen, denn sein Vater wollte ihn zu einem Vortrag in seine Bank, die Commerzbank, mitnehmen. Dieser startete um 20:00 Uhr. Also war er gemeinsam mit Sebastian ab 17:00 Uhr im Seedammweg. Gernot und Samuel waren danach dran.

Ganz glücklich war er mit dieser Einteilung nicht. Insbesondere Samuel gehörte nicht zu den Mutigen. Daran ließ sich aber jetzt nichts ändern.

Er klemmte sich ans Telefon und gab die Einsatzzeiten durch. Alle drei Jungs konnten und waren auch bereit. Er instruierte sie folgendermaßen:

Beim Ankommen, Baustelle checken.
(Was hat sich verändert? Wurde an die Kabel etwas angeschlossen? Gibt es weitere neue Einrichtungen?)
Rundgang im Parkhaus.
(Stehen verdächtige Fahrzeuge dort? Zum Beispiel Handwerkerautos oder Pick-ups? Halten sich Leute länger an ihrem Auto auf? Gibt es eventuell sogar eine Gruppe von Personen, die längere Zeit vor Ort sind?)
Die Straße mindestens einmal hoch bis zur Schule und runter bis zur Kreuzung ablaufen.
(Sind hier verdächtige Personen zu sehen? Parken unerlaubt Autos? Gibt es irgendetwas Auffälliges?)

Natürlich durfte man selbst auch nicht auffallen. Deshalb

hatten die vier Zigaretten dabei. Wenn sie länger eine Stelle observierten, dann rauchten sie eine.

Falls es zu unerwarteten Zwischenfällen kommen sollte, gab es die Absprache, sich nicht auf eine Provokation oder andere gefährliche Aktionen einzulassen. Denn das Parkhaus war bekannt dafür, dass sich besonders spät abends Jugendgruppen dort trafen. Es wurde dann gerne reichlich getrunken und es gab auch schon mal die eine oder andere Schlägerei.

Als Jochen den Hörer nach seinem letzten Telefonat auflegte, klingelte es zu seiner Überraschung. Es war Heidi. Sie berichtete ihm stolz von ihrer Fahrt in der S-Bahn mit Margot. Ganz verliebt sei sie. Ihren Tobias hätte sie in der *Schirn* kennengelernt und sie hätten ein wundervolles Wochenende miteinander verbracht. Sein Nachname sei Koch und er würde aus Ost-Berlin kommen. Genauer gesagt, aus Pankow. Leider musste er sie am Sonntagabend wieder verlassen. Sie wisse leider nicht, wann er zurückkäme.

Jochen bedankte sich bei Heidi für Ihren Einsatz. Immerhin wusste er nun den kompletten Namen des Mannes, der höchstwahrscheinlich vor Sebastians Auto gesprungen war. Wie sich doch die Dinge ändern konnten, resümierte Jochen, nachdem er noch einmal an den Samstagabend dachte. Natürlich könnte er sich gewaltig täuschen, und er sah mal wieder schwarz. Doch sein Gefühl sagte ihm: Einfach dranbleiben. Wir haben nichts zu verlieren.

Und genau damit hatte er verdammt Recht.

Mittwoch, 29. November 1989

Der alte Mann kam den schmalen Fußweg von der Taunus Therme hoch und sah schon von Weitem die zwei Arbeiter, die sich an einem der vielen Poller zu schaffen machten. Ruhigen Schrittes näherte er sich der Baustelle. Die Männer hatten Overalls an, aber sie waren anders, als die, die er von den städtischen Trupps kannte. Einer hatte eine Baseballkappe auf. Der Andere eine Wollmütze. Müssten sie nicht Sicherheitshelme tragen?

Auf seinem Weg zur Apotheke konnte der Rentner direkt den Seedammweg entlanglaufen. Er tat dies auch wie gewohnt. Nur war es dieses Mal nicht möglich den Bürgersteig durchgehend zu benutzen. Deshalb wich er wegen der Baustelle circa drei Meter auf die Fahrbahn aus. Nachdem er überprüft hatte, dass kein Auto kam, ging er parallel zu der Absperrung die Straße entlang. Sein Blick richtete sich nach rechts. Nun konnte er deutlich erkennen, was die Typen montierten.

Es war eine Art Reflektor, von der Form zwar anders, als die, die er sonst kannte. Dieser war kleiner und weiß. Aber er war sich sicher, es handelte sich definitiv um einen Reflektor. Stehenbleiben konnte er nicht, denn es war viel Verkehr und das nächste Auto näherte sich bereits hinter ihm.

Auf dem Rückweg werde ich genauer hinsehen und mir einprägen, wie das Ding aussieht und wo es genau montiert wurde.

Das nahm er sich vor, als er die Baustelle hinter sich gelassen hatte.

Heute roch es nicht nach Kohlrouladen. Dafür aber nach Käse. Jochen wusste nicht, was er unangenehmer fand, als er in seinen voll beladenen Citroën stieg und davonbrauste. Seine Tour war immer die Gleiche. Änderungen gab es nur, wenn ein Kunde seine Belieferung abbestellte oder verstarb.

Die alten Menschen taten ihm leid. Viele konnten nicht mehr zur Tür kommen, wenn er die Aluschale mit dem Essen abgeben wollte. In solchen Fällen wusste er aber wo ein Schlüssel zu finden war, damit er die Lieferung persönlich ins Haus oder in die Wohnung bringen konnte. Dieser Service sorgte natürlich dafür, dass sich seine Arbeitszeit pro Lieferung verlängerte. Was ihm aber nicht unlieb war, denn dann musste er später in der Zentrale keinen Dienst mehr schieben. Er hasste Büroarbeit. Ganz besonders eine, die er für überflüssig erachtete.

So gegen 11:45 Uhr belieferte er wie immer seine Kunden rund um die Louisenstraße. Gerade, als er aus einem Hauseingang kam, lief er direkt in die Arme des älteren Herrn, dessen Namen er dummerweise vergessen hatte.

»Hallo, guten Morgen. Schön Sie wiederzusehen Herr ...«

»Küster, Paul Küster. Entschuldigen Sie, dass ich mich bisher nicht vorgestellt habe. Immerhin kenne ich Ihren Namen, Herr Lauscher und Ihre Telefonnummer habe ich auch.«

Freudig lächelnd hielt Paul Küster den kleinen Notizblock hoch, auf den Jochen gestern seine Kontaktdaten geschrieben hatte.

»Ich war gerade in der Park-Apotheke das Rezept für meine Frau einlösen. Und Sie, Sie fahren wieder Essen aus? Wir kochen noch selbst. Meine Frau sagt immer: So lange sie es noch kann, wird selbst gekocht. Am besten mit frischen Zutaten aus dem Garten.«

Jochen war auf dem Sprung und nicht nach einem Schwätzchen zumute.

»Ich muss leider weiter, meine Kunden warten!«

Der Rentner hielt ihn am Arm fest. Worauf Jochen ihn verdutzt ansah.

»Nicht so schnell, ich habe etwas zu berichten. Von der Baustelle. Es wird wieder gearbeitet. Besser gesagt montiert.«

Jochens Interesse war geweckt.

»Was denn?«

»Zwei Männer schrauben Reflektoren an die Poller.«

»Wie sehen die denn aus?«

»Sie sind weiß.«

»Daran ist nichts Ungewöhnliches. Gerade an dieser Stelle, denn die Straße ist sehr eng und die Reflektoren sorgen für Sicherheit.«

Herr Küster war mit Jochens Einschätzung nicht ganz zufrieden.

»Ich werde gleich auf meinem Rückweg noch einmal genauer hinsehen. Ich bin mir nicht sicher, der Reflektor, der montiert wurde, ist direkt zur Fahrbahn ausgerichtet und nicht … in Fahrtrichtung.«

Jochen horchte auf. Das würde seine Theorie mit der

Lichtschranke bestätigen. Dann müsste aber auf der anderen Straßenseite die Lichtquelle installiert worden sein.

Er dachte kurz nach und bat Herrn Küster noch einmal genau zu überprüfen, wie der Reflektor angebracht wurde.

Nun war der rüstige Rentner zufrieden und machte sich auf den Weg zurück.

Mit gemischten Gefühlen setzte Jochen seine Tour fort. Er würde um 17:00 Uhr selbst nachsehen, um was genau es sich dort handelte.

Doch der Nachmittag zog sich.

Er war früh mit seinen Auslieferungen fertig und durfte zu seiner Begeisterung noch Ablage machen.

Kurz nach 17:00 Uhr traf er am Seedammweg ein. Sebastian wartete schon ungeduldig. Er begrüßte ihn mürrisch: »Na endlich, da bist du ja!«

»Keine Panik, es sind nur fünf Minuten, die ich zu spät bin. Hatte in der DRK-Zentrale noch zu tun. Was macht eigentlich dein *Manta*? Hast du an deinem Frontspoiler etwas entdeckt?«

»Zum Glück nichts! Er sieht perfekt aus. Ist eben stabiles GFK, das verträgt einiges.«

Jochen verstand nur Bahnhof. Mit Tuning konnte er noch nie etwas anfangen.

»Dann hast du nochmal Glück gehabt. Dein Unfallopfer heißt nebenbei Tobias Koch. Wie wir schon wussten, kommt er aus Berlin. Genauer gesagt, aus Pankow. Das liegt im Osten. Heidi hat mich gestern Abend noch angerufen. Sie hat Margot ausgequetscht.«

»Schön, aber das bringt uns jetzt auch nicht weiter. Was genau wollen wir hier tun?«

»Wir schauen uns die Baustelle mal genauer an. Die haben an den Pollern wohl Reflektoren montiert. Wenn dem so ist, könnte es sein, dass auf der gegenüberliegenden Seite eine Lichtschranke installiert wurde. Komm, lass uns mal nachsehen.«

Die beiden gingen zu der Stelle, an der das Kabel aus dem Boden kam. Es war noch da, aber es führte nun an einer der Absperrungen entlang. Sebastian verfolgte die Verlegung und rief:

»Hier, schau mal Jochen! Eine Lichtschranke. Mit Kabelbinder festgemacht.«

Jochen schaute sich die Arbeit an.

»Das sind doch Stümper! Was soll das denn? Einfach schlecht verlegt. Ich kann mir einfach keinen Reim darauf machen, was hier veranstaltet wird. Du vielleicht?«

»Da fragst du den Falschen. Mit Motoren kenne ich mich aus. Aber nicht mit Elektronik.«

Jochen kramte in seinem Rucksack und holte seine Spiegelreflexkamera heraus. Nachdem er ein kleines Weitwinkelobjektiv aufgeschraubt hatte, fotografierte er die Installation.

»Komm, wir schauen uns noch einmal genauer um. Vielleicht entdecken wir noch etwas.«

Sie überprüften den Umkreis der Baustelle, gingen den Eingang in das Parkhaus hinein, sogar in den ersten Stock, aber fanden nichts weiter Ungewöhnliches. Wie von Jochen geplant, teilten sie sich danach auf und gingen die Wege rund um die Baustelle ab. Außer dem permanenten Kommen und Gehen der Seedammbad- und der Taunus-Therme-Besucher gab es keine weiteren Vorkommnisse.

Kurz vor 19:00 Uhr sahen Jochen und Sebastian Gernot und Samuel, wie sie die Straße herunterkamen.

»Hi, voll pünktlich, bravo. Lasst uns in den kleinen Park bei der Therme gehen, da fallen wir nicht auf«, schlug Jochen vor.

Mit leiser Stimme erklärte er dem zweiten Team die Situation. Er kam zu folgender Schlussfolgerung:

»Meine Vermutungen bestätigen sich. Auslöser für uns war der Unfall von Sebastian. Der Mann, der auf seiner Motorhaube landete, wurde von ihm als der neue Freund von Margot identifiziert. Sein Name ist Tobias Koch.

Nachdem wir eine Anleitung für die Installation von Lichtschranken an der Unfallstelle in einem Busch gefunden haben, ist uns die ganze Sache mehr und mehr suspekt vorgekommen. Heute stehen wir wieder hier und stellen fest, dass irgendwelche Typen eine Lichtschranke am Seedammweg verlegt haben. Diese Leute öffneten dafür sogar die Straße und verlegten eine Stromversorgung. Durch Zufall traf ich heute Arbeiter von der Stadt. Auf meine Frage, ob sie diese Baustelle kennen, winkten sie ab. Es gäbe momentan so viele davon, da würde selbst die Stadt den Überblick verlieren.«

Jochen holte nach dieser Analyse erst einmal tief Luft. Gernot staunte nicht schlecht über Jochens

Zusammenfassung.

»Die Sache entwickelt sich. Das hätte ich nicht vermutet. Wir sind vermutlich auf einer richtigen Spur. Worauf sollen wir bei unserem Einsatz heute Abend achten, Jochen?«

»Ich denke, an der Baustelle wird heute nicht mehr gearbeitet. Vorstellbar wäre aber, dass die noch einmal zurückkommen, um vielleicht etwas zu testen. Hier ist mein Rucksack mit meiner kompletten Fotoausrüstung. Gernot, du kannst doch damit umgehen? Falls ihr irgendwelche schrägen Typen entdeckt, dann macht Fotos. Am besten mit dem Teleobjektiv. Ich habe einen extra lichtempfindlichen Film eingelegt. Leider kann ich euch nicht unterstützen, denn ich besuche gleich mit meinem Vater einen Vortrag bei der Commerzbank. Das kann ich nicht sausen lassen.«

»Geht schon klar, du kannst dich auf uns verlassen.«

Selbst Samuel war nun vom Detektiv-Spielen infiziert.

»Macht's gut. Hals und Beinbruch!«

Sebastian klopfte den beiden auf die Schulter und machte sich schnell aus dem Staub. Auch Jochen stieg auf sein Fahrrad und fuhr die Straße hoch in Richtung Rebenweg.

Bis 20:30 Uhr geschah vor Ort nichts, außer dem stetigen Kommen und Gehen der Besucher. Gernot und Samuel waren komplett durchgefroren und hatten schon bald keinen Bock mehr, dort herumzulungern.

»Wir sind doch bekloppt, hier Schmiere zu stehen. Dabei könnte ich gemütlich zu Hause sein und Gitarre spielen.«

»Komm, nur noch eine halbe Stunde, dann kannst du

heim zu Mama.«

Sie standen kurz hinter einem der Parkhaus-Aufgänge im Halbdunkel. Von oben hörten sie Stimmen. Man sprach englisch. Beide drückten sich tiefer in die vorspringende Ecke neben dem kleinen Treppenhaus. Drei Männer und eine Frau betraten durch die alte rostige Tür die Ebene 0. Gernot, der eine bessere Sicht hatte, erkannte, dass zwei der Männer dunkle Overalls und Strickmützen trugen. Einer hatte Jeans und eine Lederjacke an und eine Baseballkappe auf. Die Frau trug einen Bundeswehrparka. Die Overall-Typen schleppten jeweils einen kleinen Werkzeugkasten, wie man sie im Baumarkt kaufen konnte. Die Frau schob ein klein aussehendes Fahrrad neben sich her, wahrscheinlich eines für Kinder. Und der Typ mit der Lederjacke hatte einen Rucksack bei sich. Als sie ein gutes Stück entfernt waren, flüsterte Samuel:

»Das Warten hat sich doch gelohnt.«

»Sobald sie aus dem Parkhaus sind, folgen wir ihnen«, forderte Gernot seinen Freund auf.

Möglichst lässig und unauffällig gingen die beiden in Richtung Ausgang. Vorne an der Straßenecke blieben sie stehen und richteten ihren Blick nach links. Die Overall-Typen hantierten nun vornübergebeugt an einem der Poller. Wahrscheinlich an dem mit der Lichtschranke. Sie schlossen diese wohl an das Stromnetz an. Gernot und Samuel waren etwa fünf bis acht Meter von der Baustelle und dem Geschehen entfernt.

Samuel stieß Gernot in die Rippen und zeigte auf die

andere Straßenseite. Die Frau und der Typ mit dem Rucksack stellten gerade das Fahrrad parallel zur Fahrbahn an zwei Pollern ab.

Fast hätte Gernot den Fotoapparat vergessen. Wie dumm von ihm. Irgendwie fummelte er das klobige Teil aus Jochens Rucksack heraus. So ein Mist, er hatte vergessen, das Teleobjektiv zu montieren! Es war immer noch ein ungeeignetes Weitwinkelobjektiv drauf.

Den Rucksack über der einen Schulter, in der einen Hand die Kamera und in der anderen das lange Tele, versuchte er den Bajonettverschluss mit dem Weitwinkelobjektiv zu drehen. In dem Moment, als es sich löste, fiel es ihm aus der Hand auf den Boden und rollte den Bürgersteig entlang, direkt in Richtung der Baustelle. Samuel, der die ganze Zeit die andere Straßenseite beobachtet hatte, versuchte, es zu erwischen. Blöderweise stolperte er dabei über seine eigenen Füße und landete fluchend auf dem Bürgersteig.

Gernot stand wie paralysiert dahinter, in der einen Hand das Kameragehäuse und in der anderen das Teleobjektiv.

Scheiße, das war es dann wohl, dachte er, als ihn das grelle Licht einer Taschenlampe traf. Das Nächste, was ihm in den Sinn kam, war:

Nichts wie weg hier!

Er brüllte laut:

»Samuel, komm!«

Wenigstens hatte sich dieser wieder aufgerappelt und trug sogar das Objektiv in seiner Hand. Die Jungs machten auf dem Absatz kehrt und rannten, so schnell sie konnten den

Seedammweg hoch. Am Kaiserin-Friedrich-Gymnasium bogen sie links in den Weinbergsweg ein. Nach ungefähr dreihundert Metern keuchte Gernot:

»Langsamer Samuel, ich kann nicht mehr!«

Gernot japste erbärmlich. Sein Gewicht machte ihm deutlich mehr zu schaffen, als seinem schlaksigen Freund.

»Nur noch ein paar Meter, dann haben wir sie abgehängt.«

Doch Gernot war am Ende mit seiner Puste. Er reduzierte sein Tempo und schaute hinter sich. Es war niemand zu sehen.

»Samuel, die verfolgen uns doch gar nicht. Du kannst langsam machen.«

Samuel drehte sich auch um. Er stand da, die Hände auf die Oberschenkel gelegt und keuchte laut. »Da haben wir noch einmal Glück gehabt.«

»Wie auch immer, lass uns zu mir nachhause gehen. Ich habe genug von diesem Detektiv-Spielen.«

Das ließ sich Samuel nicht zweimal sagen. Normalen Schrittes bogen die beiden in den Quellenweg ein. Von dort waren es nur noch wenige hundert Meter bis zum Kirschblütenweg.

Gegen 22:00 Uhr öffneten sie die Haustür und gleich danach zwei Bier. Auf den Schreck tranken sie dann noch zwei weitere und schliefen bei leiser Musik ein.

Donnerstag, 30. November 1989

Es war spät geworden, gestern Abend. Jochen musste seinen einzigen Anzug aus dem Kleiderschrank holen. Sein Vater borgte ihm eine Krawatte. Beim Eintreffen im Konferenz-Zentrum der Commerzbank, schnupperte Jochen die Luft der Finanzbranche. Ehrlich gesagt, roch sie ziemlich abgestanden, denn die Klimaanlage im Gebäude war nicht mehr die Neueste.

Der Saal war bis zum letzten Platz gefüllt, als der Moderator von der Frankfurter Allgemeinen Zeitung die Bühne betrat. Es ging um den Finanzplatz der Zukunft, der, wie sollte es anders sein, in Frankfurt beheimatet sein sollte. Im Mittelpunkt des Programms stand eine Podiumsdiskussion mit Teilnehmern von der Börse, der Europäischen Zentralbank – die auch in Frankfurt ihren Sitz hatte –, dem Oberbürgermeister der Stadt, Volker Hauff, und natürlich dem Vorstandsvorsitzenden der *CoBa,* Walter Seipp. Alle saßen nun auf der Bühne.

Jochen kam sich etwas deplatziert vor, denn er war bestimmt der jüngste Zuhörer im Saal. Sein Vater betonte aber mehrmals, dazu sollte er stehen und man könne nicht früh genug anfangen, sich mit den wichtigen Themen der Zeit zu beschäftigen. Die Diskussion war aus Jochens Sicht langatmig und wenig kontrovers. Alle Teilnehmer unterstützen die These, dass von allen Finanzzentren, Frankfurt am besten in Europa aufgestellt sei.

Nachdem die Herren, so nannte Hans-Jürgen Lauscher die extrem korrekten Banker im Raum, ihre Debatte beendet hatten, gab es endlich etwas zu essen. Nun kamen auch ein paar Frauen dazu, denn unter den Zuhörern waren, wie Jochen zählte, gerade mal zwölf weibliche Wesen – alle in eleganten Kostümen in dunkelblau und steifen weißen Blusen gekleidet.

Die Schnittchen schmeckten hervorragend, und das Bier von *Henninger* schien allen Anwesenden nach der anstrengenden Diskussion willkommen zu sein. So zog sich der Abend bis 22:30 Uhr.

Kurz nach 23:00 Uhr war Jochen wieder in Bad Homburg in seinem Zimmer. Es war zu spät, um Gernot anzurufen. Erschöpft lag er noch eine Weile wach und dachte über die Möglichkeit nach, einmal in dieser Bank Karriere zu machen.

So richtig konnte er sich das nicht vorstellen.

Sein Wecker klingelte wie immer in der Woche um kurz nach sieben. Nur heute fiel es ihm besonders schwer, wach zu werden. *Wie schaffte sein Vater das nur?* Er war oft zweimal in der Woche noch spät abends unterwegs und hatte Verpflichtungen.

Wie in Trance schleppte sich Jochen ins Bad. Kaum fitter kam er die Treppe herunter. Seine Mutter saß am Frühstückstisch, Hans-Jürgen war wohl schon wieder auf dem Weg in die Bank. Er benutzte die *S5*, die jeden Morgen vollgestopft mit Bankern zur Station Taunusanlage fuhr.

Auf dem Weg zum DRK kam Jochen, wie jeden Morgen, an

der Taunus Therme vorbei. Es war gegen acht Uhr, als er dort mit seinem Rennrad entlangfuhr. Überrascht stellte er fest: Die Baustelle war weg! Nur ein einsames Schild stand noch am Straßenrand.

Ich muss unbedingt Gernot anrufen, sicher kann er mir berichten, was gestern Abend hier los war.

Jetzt musste er aber erst einmal seinen Zivi-Pflichten nachkommen.

Donnerstags hatte er die Aufgabe, die Essens-Übersicht für die nächste Woche vorzubereiten und zu vervielfältigen. Sein Job war es, genügend Kopien für alle Fahrer zu produzieren.

Ohne viel Enthusiasmus legte er die Vorlage auf das Glas des Kopierers und gab 100 über die Tastatur ein. Die Anzahl langte bei Weitem nicht, doch die alte Klapperkiste von Kodak konnte nicht mehr Seiten auf einmal verarbeiten. Nach weiteren hundert Kopien holte er sich einen Kaffee. Gerade als er an der Einsatz-Zentrale vorbeikam, blieb er vor Schreck erstarrt stehen. Aus dem Lautsprecher des Funkempfängers hörte er eine äußerst beunruhigende Meldung:

»An alle Einsatzfahrzeuge im Umfeld des Seedamm-Schwimmbads: Schwere Explosion mit Personen-schaden. Direkt vor dem Parkhaus im Seedammweg. Sofortige Hilfe wird benötigt. Die Polizei ist vor Ort und sperrt das Gelände ab.«

Sofort eilten die einsatzbereiten Kollegen und der diensthabende Arzt zum Ausgang. Jochen wusste, dass er in diesem Moment auf keinen Fall im Weg stehen durfte. Er verdrückt sich mit seiner Tasse zurück in den kleinen

Kopierraum.

Nun war er hellwach. Adrenalin schoss durch seinen Körper. Panik kam in ihm auf. Sein erster Gedanke war:

Das konnte doch kein Zufall sein?

Sein zweiter Gedanke war:

Ich muss da hin!

Aber er hatte einen Job, und viele Menschen warteten auf ihr Mittagessen. Intuitiv schaute er auf seine *Timex*. Sie zeigte genau 8:40 Uhr. Wie furchtbar, dachte er. Mitten im Berufsverkehr. Hoffentlich sind nicht weitere Menschen von der Explosion getroffen worden?

Er konnte nicht einfach untätig herumstehen und weiter Kopien machen. Neugierig ging er in die Einsatz-Zentrale zurück und hörte dem Funkverkehr zu. Die zwei Kollegen, die Dienst hatten, waren zu sehr mit dem Vorfall beschäftig, um zu bemerken, dass der Zivi in einer Ecke des Raumes stand und gebannt lauschte.

Der Einsatzwagen müsste schon am Ort des Geschehens sein. Es waren mit dem Auto unter zehn Minuten Fahrzeit in den Seedammweg. Die Kollegen benutzten ihr Blaulicht, da war sich Jochen sicher. In diesem Moment kam ein Funkspruch herein:

»Wagen 17 an Zentrale, schwere Detonation an einem Fahrzeug, ein Schwerverletzter, wahrscheinlich eine Schutzperson. Der Fahrer des Wagens ist nicht lebensgefährlich verletzt. Wir bringen ihn in die Unfallklinik.«

Jochen brach der Schweiß aus. Die Gedanken

überschlugen sich in seinem Kopf. Er hatte richtig gelegen. Die Lichtschranke, die Baustelle, die ganzen Dinge, die sie beobachtet hatten ... waren die Vorbereitung für einen Sprengstoffanschlag.

Das nächste was in seinen Kopf schoss, war: Wem galt der Anschlag? Was ist eine Schutzperson? Wer sollte hier wohnen, dem man nach dem Leben trachtete?

Er wusste nun, was passiert war. Machen konnte er momentan nichts. Deshalb versuchte er, sich zu beruhigen. *Am besten setze ich meine normale Arbeit fort*, sagte er sich.

Er beeilte sich mit den Kopien und belud, so schnell es ging, seinen Citroën mit den Alu-Essen. Um Viertel nach neun saß er hinter dem Steuer und die Neugier packte ihn. Er startete das Fahrzeug und fuhr in Richtung Seedammweg.

Schon an der Kreuzung zur Kaiser-Friedrich-Promenade ging nichts mehr.

So ein Mist, jetzt stehe ich hier und komme nicht weiter!

Er schaute sich um. Die einzige Möglichkeit war, verbotener Weise rechts in die Einbahnstraße zu fahren. Spontan entschloss er sich, genau das zu tun, denn die Polizei war momentan mit anderen Dingen beschäftigt und er wollte unbedingt möglichst nah an die Unfallstelle gelangen.

Das Glück war mit ihm und es kam kein Fahrzeug entgegen. Bei der nächsten Möglichkeit wendete er und entdeckte auch gleich eine Parklücke. Gekonnt rangierte er den kleinen Citroën Kastenwagen hinein. Er nahm seine Füße in die Hand und rannte, so schnell er konnte zu der ihm bekannten Stelle.

Von Weitem sah er schon die Menschenmenge, die sich mitten auf der Straße versammelt hatte. Jetzt kam ihm seine DRK-Berufskleidung zu Hilfe. Freundlich aber bestimmt wies er die Leute an, ihm Platz zu machen. Sie folgten seinem Aufruf sofort und binnen weniger Minuten stand er direkt vor dem rot-weißen Absperrband.

Der Anblick war schockierend! Eine große Mercedes-Benz Limousine, wahrscheinlich eine *S-Klasse,* war völlig demoliert. Die Motorhaube stand offen, alle Türen waren durch die Wucht der Detonation zerborsten. Im Auto selbst konnte er kein Opfer erkennen. Doch als er die gesamte Situation erfasste, sah er zwei Sanitäter, die einen Blechsarg trugen und in einen wartenden Krankenwagen hoben. Überall war Polizei, Männer in weißen Overalls liefen herum, er vermutete, dass dies die Spurensicherung war. Sein Blick versuchte, weitere Details auszumachen. Dabei bemerkte er eine deutliche Brandspur auf der Straße. Diese führte zum linken Bürgersteig in Richtung Taunus Therme. Er fragte sich: *Kam von dort die Bombe?*

Völlig in seinen Gedanken versunken, bemerkte er nicht den neben ihm stehenden Mann, der ihn schon eine Weile ansah. Nun sprach er Jochen direkt an:

»Hallo Herr Lauscher. Ist es nicht furchtbar, was hier passiert ist? Wir hatten Recht, hier stimmte etwas nicht. Jetzt wissen wir was.«

Überrascht schaute er in das besorgte Gesicht von Paul Küster. Dieses Mal war er froh, den Rentner wiederzusehen.

»Es ist entsetzlich. Ich habe so etwas noch nie gesehen.

Stellen Sie sich vor, ich war bei der Arbeit im DRK-Haus und da habe ich eher zufällig den Funkspruch in der Einsatz-Zentrale mitbekommen. Ich bin so schnell, ich konnte gekommen. Ich konnte einfach nicht anders. Wissen Sie, wer der Tote ist?«

»Die Leute hier behaupten, es wäre ein hohes Tier bei einer Bank, wahrscheinlich ein Vorstand.«

Das durfte einfach nicht wahr sein. Da war er gestern Abend bei der Commerzbank und hat unter anderem den Vorstand gesehen. Ob er das Opfer war? Die unterschiedlichsten Gedanken schossen durch seinen Kopf. Spontan formulierte er einen davon: »Herr Küster, was meinen Sie, sollen wir zur Polizei gehen und unsere Beobachtungen schildern?«

Der alte Mann machte ein sorgenvolles Gesicht. Nach einem Moment des Nachdenkens antwortete er leise:

»Ich denke, wir sollten damit abwarten. Was wir entdeckt haben, ist heute für die Polizei auch noch zu erkennen, vermute ich. Die Kabel in der Straße, der Reflektor und die Lichtschranke.«

Jochen unterbrach den Rentner:

»Ich bin mir sicher, das waren die Vorrichtungen, um die Bombe im richtigen Moment zu zünden!«

»Wahrscheinlich.«

»Sie meinen also, wir sollten erst einmal abwarten, was die Experten herausfinden?«

»Genau. Und wenn die das nicht entdecken, was wir erkannt haben, dann kann man immer noch nachhelfen.«

»Wenn Sie meinen.«

»Oder wollen Sie in diese Sache mit hineingezogen werden? Ich jedenfalls nicht. Wenn das Terrorristen waren, ist das lebensgefährlich.«

»Meinen Sie die RAF?«

»Könnte sein.«

»Dann gibt es bestimmt auch ein Bekennerschreiben, wie bei den anderen Morden.«

»Davon können Sie ausgehen.«

»Die Nachrichten werden bestimmt ausführlich berichten.«

»Auf jeden Fall, und wir passen auf, was herausgefunden wird.«

»Das machen wir.«

Irgendwie beruhigte der alte Mann Jochen. Es war ein gutes Gefühl, jemanden neben sich zu wissen. Jemanden, der ähnlich wie er, Zeuge war. War er das? So genau wusste er es nicht.

Momentan wusste er überhaupt nichts mehr. Die Welt war aus den Angeln geraten.

Jochen wurde es auf einmal kalt. Er hatte vergessen, eine Jacke anzuziehen. Außerdem dachte er an die vielen Essen, die in seinem Auto auf die Auslieferung warteten. Es half nichts, er musste los.

»Herr Küster, ich muss weiter. Essen ausfahren. Wollen wir uns die Tage treffen?«

»Gerne, Herr Lauscher. Ich melde mich bei Ihnen.

Einverstanden?«

»Geht klar. Und danke für Ihre Einschätzung.«

»Gern geschehen. Passen Sie auf sich auf.«

»Mache ich.«

Zum Abschied hob der Rentner seinen Hut und lächelte sanft.

Jochen drängte sich durch die Menge der Schaulustigen, die sich, seit er angekommen war, verdoppelt hatten. Schnellen Schrittes lief er zu seiner Klapperkiste zurück. Mit quietschenden Reifen startete er zu seiner täglichen Tour.

Gerade als er die nächste Kreuzung erreichte, kam ihm der Krankenwagen mit dem Sarg des Opfers entgegen. Ein kalter Schauer lief über seinen Rücken. In diesem Moment wurde er sich bewusst, dass er den 30. November 1989 sein ganzes Leben lang nicht vergessen würde.

Als Jochen die Tür des Wohnhauses im Rebenweg aufschloss, kam ihm gleich seine Mutter entgegen.

»Hast du es schon gehört? Alfred Herrhausen, der Vorstand der Deutschen Bank, ist Opfer eines Sprengstoffanschlages geworden.«

Mit leerem Blick und schwacher Stimme antwortete Jochen:

»Ich war am Tatort. Es sah schlimm aus. Ein Wunder, das der Fahrer überlebt hat.«

Seine Mutter bemerkte sofort die Betroffenheit ihres Sohnes. Sie kam auf ihn zu und nahm ihn in ihre Arme.

»Habt ihr die Bergung übernommen? Du warst doch nicht

etwa bei diesem Einsatz dabei?«

Jochen löste sich langsam von ihr.

»Nein, wo denkst du hin. Ich bin dafür nicht ausgebildet. Aber ich konnte die Meldung in der Zentrale mithören und bin auf meiner Fahrt dort vorbeigekommen. Spontan habe ich angehalten. Es waren schon einige Schaulustige da, aber ich konnte mich bis zur Absperrung durchkämpfen. Unglaublich, wie das Auto zerfetzt war, obwohl es gepanzert war. Das muss eine sehr starke Bombe gewesen sein!«

»In *Hessen 3* bringen sie schon Sondersendungen. Du kannst ja mal reinschauen. Der Fernseher läuft die ganze Zeit. Übrigens, dein Freund Gernot hat schon zweimal angerufen, du sollst ihn dringend zurückrufen.«

»Warum sagst du das denn nicht gleich?«, regte sich Jochen auf.

Seine Mutter schüttelt den Kopf.

»Habe ich doch. Ist er denn schon zu Hause? Er kommt doch meistens später von der Arbeit.«

»Keine Ahnung. Ich probiere es einfach mal.«

Schon war Jochen im ersten Stock verschwunden. Dort gab es im Flur einen zweiten Anschluss. Oben angekommen, nahm er das beige Telefon mit Wählscheibe und zog das Kabel hinter sich her in sein Zimmer. So konnte er ungestört telefonieren. Er wählte die Nummer der Rachs. Nach dem zweiten Klingeln ging Gernot dran.

»Gernot, was machst du denn schon zu Hause?«

»Ich hatte heute Berufsschule, wusstest du das nicht? Immer donnerstags. Deshalb bekam ich auch sofort mit, was passiert ist. Seitdem hatte ich keine ruhige Minute mehr.«

Jochen bemerkte das Zittern in der Stimme seines Freundes.

»Ja, das mit dem Attentat ist furchtbar. Direkt vor unserer Haustür!«

»Das ist es nicht alleine, was mich beunruhigt. Sondern ...«

»Sondern was?«

»Können wir uns sehen? Ich will das nicht am Telefon besprechen. Samuel möchte auch dabei sein. Er kann aber frühestens um 18:30 Uhr, wie du weißt.«

Jochen kapierte zwar nicht warum Gernot ihm nichts von seinen belastenden Gedanken sagen wollte, aber auch er konnte heute Abend nicht gut allein sein und war froh über das Angebot.

»Klar können wir uns sehen. Wollt ihr zu mir kommen? Meine Mutter kann uns Brote schmieren. Ich habe auch noch ein paar Flaschen Bier.«

»Gebongt. Wir sind pünktlich um halb sieben bei dir. Erzähle bitte den anderen nichts von unserem Treffen.«

»Wieso das denn?«

»Erkläre ich später.«

»Okay. Gut. Bis später dann.«

Was war denn das für eine Geheimniskrämerei? Gernot war doch sonst nicht so. Nun gut, die neunzig Minuten würde er warten können, dann würde ihn Gernot schon aufklären.

Margot war traurig. Mit hängendem Kopf saß sie in der S-Bahn und versuchte in ihrem Roman zu lesen, doch sie konnte sich nicht konzentrieren. Die ganze Zeit dachte sie an ihn. Sein Geruch war noch in ihrer Nase. Sein Gesicht erschien immer wieder vor ihrem inneren Auge. Wie er sie angesehen hatte. Wie er sich von ihr verabschiedet hatte.

Tobias wo bist du? Warum meldest du dich nicht? Hast du denn nicht die gleichen Gefühle?

Margot konnte und wollte ihre Situation einfach nicht akzeptieren. Es tat verdammt weh. Hatte er sie vielleicht nur ausgenutzt? Gab es eine Freundin in Berlin und sie war nur eine nette Abwechslung gewesen?

Ihre Erfahrung mit Männern war noch neu und unbedarft. Doch sie hatte eine blühende Fantasie. Ihr wurde ganz anders. Ihr Magen rebellierte. Sie hatte seit heute Morgen nichts gegessen. Das rächte sich jetzt. Da sie oft wenig aß, war sie ziemlich dünn. Manche behaupteten, sie hätte Bulimie. Das war natürlich Quatsch. Sie konnte einfach nicht viel essen. Seit Montag sowieso nicht. Wenn sie Fleisch sah, dann wurde ihr übel. Das Einzige, was sie morgens runterbrachte, war ein halbes Brötchen mit Nutella drauf und abends Gemüse mit Reis. Das war es auch schon für den Tag. Seit sie die kleine Einliegerwohnung hatte, bekam ihre Mutter nichts mehr von ihren vermeintlichen Essstörungen mit. Früher hatte sie dafür gesorgt, dass sie mehr zu sich nahm.

Ihr wurde schwarz vor Augen, als sie aufstand, um zur Tür zu gehen. Geradeso konnte sie sich noch an einer der Haltestangen festhalten.

Die S-Bahn fuhr in den Bad Homburger Bahnhof ein. Sie ließ die anderen Fahrgäste vor und überwand äußerst vorsichtig den schmalen Spalt zwischen Wagen und Bahnsteigkante. Doch alle Vorsicht half nichts, sie stolperte und fiel nach vorne auf ihre Knie. Mit letzter Kraft konnte sie den Fall mit ihren Händen auffangen. Trotzdem lag sie dort. Tränen liefen ihr die Wangen herunter. Sie schaute sich um, die meisten Leute waren schon weg. Ein paar gafften sie an und blickten sogleich wieder weg. Wahrscheinlich dachten sie, die junge Frau sei betrunken und deswegen gestürzt.

Nach einer kleinen Ewigkeit spürte sie Hände zwischen ihren Schultern. Jemand half ihr beim Aufstehen. Es war Samuel. Sie erkannte ihn sofort, obwohl er ungewohnt adrett gekleidet war, mit dunkelblauem Trenchcoat und eleganter Stoffhose. Aber seine immer etwas wuscheligen Haare waren sofort wiederzuerkennen.

»Margot, was ist passiert? Ist dir schlecht? Kannst du stehen?«

Noch immer hielt er sie fest, und sie war dankbar dafür.

»Hallo Samuel«, sagte sie mit kaum hörbarer Stimme. »Mir war schwindelig und deshalb bin ich wohl gestolpert.«

»Komm, ich begleite dich ein Stück. Wir müssen vom Bahnsteig weg, gleich kommt wieder ein Zug.«

»Mein Rucksack, wo ist mein Rucksack?«, fragte Margot verstört.

»Hier, direkt neben dir. Ich nehme ihn.«

»Danke, Samuel. Danke, dass du mir hilfst.«

Er war die Rettung für sie. Sie konnte ohne seine Hilfe wirklich nicht aufstehen, so schwach war sie. Seine Hände blieben unter ihren Schultern und sie gingen langsam Schritt für Schritt zum Ausgang. In der Halle angekommen, suchte Samuel eine Bank, wo sie sich hinsetzen konnten. Er kramte in seiner Aktentasche und holte eine Thermoskanne hervor.

»Hier trink, das ist Fencheltee. Den kocht mir meine Mutter jeden Morgen. Er müsste sogar noch warm sein.«

Dankbar nahm Margot den Becher in beide Hände und trank langsam. Mit jedem Schluck kehrten die Lebensgeister wieder zurück.

»Gott sei Dank, du bekommst wieder Farbe ins Gesicht. Ich hatte schon Angst, du kollabierst.«

Den Arm um sie gelegt, gab Samuel ihr Wärme und Zuneigung. Margot war froh, nicht mehr allein zu sein und öffnete sich, als Samuel fragte:

»Du vermisst Tobias?«

Das war wie ein Zeichen für Margot. Sie begann bitterlich zu weinen. Schluchzend antwortete sie:

»Ja! Und ich habe keine Möglichkeit, ihm eine Nachricht zukommen zu lassen. Er lebt in Ost-Berlin, ich habe keine genaue Adresse!«

Samuel wusste nicht, was er dazu sagen sollte. Er drückte sie mehr an sich und tröstete sie, indem er ihr ein *Tempo* gab. Nachdem sie sich vernehmlich die Nase geputzt hatte, legte sie ihren Kopf an seine Schulter.

»Du bist sehr verständnisvoll. Ich dachte immer, dir wäre alles egal. Du wirkst meistens so desinteressiert.«

»Das ist, so meine Art. Mein äußeres Bild stimmt nicht mit meinem wirklichen Charakter überein. Ich mache mir viele Gedanken über das Leben.«

Margot sah Samuel an, und sie stellte dabei fest, dass sie ihn noch nie wirklich richtig beachtet hatte. In der Schule hatte man sich zwar immer mal wiedergesehen, aber es kam nie zu einem echten Austausch.

»Dann sind wir uns ähnlich. Ich grübele auch viel und nehme alles ernst.«

Gernot hatte eine Idee, wie er Margot etwas helfen konnte.

»Was hältst du davon, wenn ich mich in den nächsten Tagen – bis Tobias sich meldet – um dich kümmere. Damit du dich nicht so alleine fühlst.«

Margot musste nicht lange überlegen. Samuel war ihr sympathisch und er hatte Recht, sie brauchte jemanden, der ihr Kraft spendete und sie tröstete.

»Einverstanden. Dann könntest du mich doch gleich ein Stück begleiten. Wenigstens bis zum Bus.«

»Das werde ich gerne tun. Und morgen treffen wir uns hier am Bahnsteig. Wir warten einfach aufeinander. Einverstanden?«

»So machen wir's.«

»Und jetzt stehe ich auf und bin wieder stark.«

»Soll ich dir nicht helfen?«

»Nein, das geht schon.«

Margot stand vorsichtig auf. Samuel begleitete sie, wie versprochen, noch bis zum Bus. Als sie einstieg, winkte er ihr zu. Ein Lächeln flog über sein Gesicht. Und soweit er es im Dunkeln erkennen konnte, lächelte sie auch. Wenigstens ein bisschen.

Samuel schaute auf die Bahnhofsuhr. Viertel nach sechs.

Er würde zu spät zu Jochen kommen. *Egal,* dachte er, *die beiden werden schon auf mich warten.* Er ging zu seinem Rad und fuhr in Richtung Rebenweg. Auf der Fahrt überlegte er, wie wohl Gernot ihr Versagen Jochen beibringen wollte.

Pünktlich um 18:30 Uhr klingelte es. Jochen stürmte die Treppe hinunter, weil er Gernot selbst empfangen wollte. Normalerweise war seine Mutter immer schneller, denn der Weg von der Küche war kürzer. Doch dieses Mal begrüßte er seinen Freund: »Hi Gernot, super, dass du da bist!«

»Warte mal ab, ob du das später noch so super findest.«

»Du bist aber mies drauf!«

»Du etwa nicht, nach diesem Mordanschlag in unserer Stadt?«

»Doch, das bin ich. Aber komm, lass uns in mein Zimmer hochgehen. Ich habe schon Brote und Bier oben.«

Jochen schob Gernot in sein Zimmer und schloss gleich hinter sich die Tür.

»Ich mache lieber Musik an, denn meine Eltern sollen nichts von unserem Gespräch mitbekommen. Sie regen sich nur auf.«

Gernot lehnte sich an den alten Schreibtisch, der am Fenster stand. Er zog seine dicke Jacke aus und legte sie über den Stuhl.

»Du hast Bier? Ich brauche erst mal eins.«

Jochen öffnete ihm eine Flasche *Licher*.

»Willst du ein Glas?«

»Brauche ich nicht, ich trinke aus der Flasche.«

Nachdem Jochen für sich auch eine geöffnet hatte, saßen

die beiden eine Weile schweigend da und starrten vor sich hin.

»So schnell kann ein Leben vorbei sein«, bemerkte Gernot.

»Er hatte keine Chance. Ich habe den zerfetzten Wagen gesehen. Der sah aus, wie von einer Rakete getroffen. Und das obwohl er gepanzert war.«

»Du warst vor Ort?«

»Ja, nachdem die Kollegen über Funk informiert wurden, konnte ich mit meiner Klapperkiste dort hinfahren. Habe mich durch die Menge der Gaffer gemogelt. Mir wurde ganz anders, als ich den Tatort mit eigenen Augen sah. Sonst sieht man so etwas ja nur im Fernsehen. Du spürst die Brutalität und Tragik des Ereignisses, als ob die Bombe noch Druckwellen aussenden würde.«

»Hast du geweint?«

»Nein. Aber viele Leute um mich herum.«

»Jochen, ich bin verzweifelt und habe Angst.«

Gernot starrte vor sich auf den Fußboden.

»Ich kann schon verstehen, dass dich das mitnimmt. Aber du musst doch keine Ängste haben. Vor wem und warum?«

Gernot stand auf und lief unruhig herum. Sein Gesicht war ganz blass. Nervös fuhr er sich durch seine vollen langen Haare.

»Wo bleibt nur Samuel? Er sollte dabei sein, wenn ich es dir erzähle.«

Jetzt stand Jochen auch auf. Er griff Gernot an die Schulter und drehte ihn zu sich.

»Was willst du mir erzählen?«

Sie hörten die leise Türklingel kaum. Dieses Mal schaffte es Jochen nicht, als erster an der Haustür zu sein. Als er unten ankam, begrüßte seine Mutter Samuel.

»Hallo Samuel, lange nicht gesehen. Was macht deine Banklehre?«

Oh Mann, musste meine Mutter ausgerechnet das fragen, dachte Jochen genervt.

»Geht so, bin im Moment in einer Abteilung, die mir nicht so liegt.«

Samuel druckste unsicher im Eingang herum.

»Ma', lass mal. Du kannst gerne ein anderes Mal mit Samuel reden. Er ist sicherlich hungrig. Stimmt's Samuel?«, sagte Jochen und zwinkerte ihm dabei zu.

»Ja, ich habe einen riesen Hunger. Das Kantinenessen mag ich nicht. Deshalb esse ich abends umso mehr.«

»Da bin ich ja froh, dass ich jede Menge Brote geschmiert habe. Es gibt auch Frikadellen.«

»Danke Ma'. Komm Samuel, lass uns hochgehen.«

Er bugsierte seinen Freund an seiner Mutter vorbei, direkt in sein Zimmer.

»Da bist du ja endlich. Hatte die S-Bahn Verspätung?«, fragte Gernot ungeduldig.

»Ne, ich habe Margot am Bahnhof getroffen und ihr geholfen.«

»Geholfen? Ist ihr was passiert?«

»Sie ist mit ihren Nerven am Ende. Ich denke, sie hat Liebeskummer; vermisst ihren Tobias. Außerdem isst sie kaum noch etwas. Habe sie auf dem Bahnsteig liegend entdeckt. Sie war gestolpert, oder besser, entkräftet umgekippt.«

Während Samuel berichtete, hatte auch er sich ein Bier aufgemacht und sich zu den beiden anderen auf den Boden gesetzt. Jochen war einigermaßen überrascht über Margots Zustand.

»Sie wirkt doch immer so stark und selbstbewusst?«

»Ja, aber sie ist eine schmächtige Person. Ist euch das nie aufgefallen?«, stellte Samuel klar.

»Ihr neuer Freund Tobias hat ihr keine Adresse dagelassen und auch nicht gesagt, wann er zurück-kommt.«

Jochen kratzte sich am Kopf und fuhr durch seinen kaum vorhandenen Bart.

»Das passt ja ins Bild.«

Samuel verstand nicht so recht: »Wie meinst du das? Wegen des Unfalls mit Sebastian?«

»Sag mal, hast du nichts mitbekommen? Sprengstoffanschlag? Hier in Bad Homburg? Seedammweg? Ein Toter? Es handelt sich um Alfred Herrhausen, Vorstand der Deutschen Bank«, klärte ihn Jochen auf.

»Ach du Scheiße! Nein. Mir hat keiner was gesagt.«

Das Entsetzen ist deutlich in seinem Gesicht zu sehen.

»Gernot, dann sind wir sozusagen Zeugen.«

Nach einer kurzen Denkpause ergänzte er:

»Verdammt. Die haben uns gesehen!«

Gernot ruderte mit seinen Händen und starrte Samuel wütend an.

»Mensch Samuel, das wollte ich Jochen schonend

beibringen.«

Als Jochen das hörte, konnte er sich schon denken, warum Gernot Panik schob.

»Jetzt mal eins nach dem anderen. Was war gestern Abend los? Berichtet mal. Ganz in Ruhe.«

Gernot und Samuel erzählten Jochen von ihrer Glanztat. Dabei betonten sie besonders den Lichtstrahl der Taschenlampe, der sie getroffen hatte. Die Täter hätten sie deshalb höchstwahrscheinlich gut erkennen können. Sie standen förmlich im Spotlight, wie es Gernot umschrieb.

»Ihr habt also keinerlei Fotos machen können?«, fragte Jochen sichtlich enttäuscht.

»Nein, wo denkst du hin? Wir haben unsere Füße in die Hand genommen und sind abgehauen«, erklärte Samuel.

»Es war aus der Sicht der Täter eine eindeutige Situation: Da standen zwei Typen und der eine war gerade im Begriff seinen Fotoapparat bereitzumachen.«

»Und dummerweise habt ihr euch auch noch verdächtig verhalten«, wirft Jochen seinen Freunden vor.

»Wie meinst du das?«

»Na, wenn ihr nicht gleich panisch losgerannt, sondern einfach ruhig stehengeblieben wärt, dann hätten die Täter nicht sofort Verdacht geschöpft«, erklärt Jochen sachlich.

»Du mit deinen Ratschlägen wieder. Hättest du die Gang gesehen, dann wärst du auch nicht mutig gewesen und in aller Seelenruhe stehengeblieben. Die beiden Typen, die an der Lichtschranke gearbeitet haben, waren angsteinflößend«, verteidigte sich Gernot.

»Dann habt ihr sie doch genauer gesehen? Wie sahen sie denn aus? Beschreibt mal!«

»So genau konnten wir sie nicht erkennen, um eine Täterbeschreibung abgeben zu können. Sie hatten dunkle Overalls an und Strickmützen auf. Der Eine war größer als der andere und auch etwas korpulenter. Mehr kann ich nicht sagen.«

»Und die Frau mit dem Fahrrad trug einen Parka und hatte ihre Kapuze auf«, ergänzte Samuel.

»Die entscheidende Frage kommt jetzt: der Typ mit der Lederjacke? War das Tobias?«

»Er hatte eine Baseballkappe auf. Wir haben ihn, so lange wir dort standen, nur von hinten gesehen, konnten also sein Gesicht nicht erkennen. Oder hast du mehr gesehen, Samuel?«

»Nein. Nur den recht großen Rucksack, den er trug. Er schien schwer zu sein.«

Jochen war mittlerweile aufgestanden und tigerte im Zimmer umher.

»Vermutlich wird die Bombe dort drin gewesen sein. Habt ihr mitbekommen, mit was für einem Auto sie gekommen sind?«

»Nein. Sie kamen, wie schon erwähnt, aus dem ersten Stock des Parkhauses. Dort stand vermutlich ihr Fahrzeug. Leider haben wir nicht gesehen, wie sie hineingefahren sind«, enttäuschte Gernot Jochen.

»Zu dumm, wir haben also von diesem gestrigen Abend keine Beweise in den Händen«, resümierte Jochen richtig.

»Außer unseren Beobachtungen«, ergänzte Gernot.

Alle drei tranken gleichzeitig aus ihren Bierflaschen. Jochen wanderte weiter in seinem Zimmer umher. Gernot starrte vor sich hin, und Samuel legte sich flach auf den Boden. Die drei gaben ein schräges Bild ab. Nach einer Weile durchbrach Jochen das Schweigen.

»Ich habe zwei bedeutende und weit reichende Fragen an euch. Erstens: Gehen wir zur Polizei und berichten von unseren Beobachtungen? Zweitens: Sprechen wir mit Margot und erklären ihr unsere Vermutungen, was Tobias oder wie auch immer er wirklich heißt, betrifft?«

Wieder kehrte Ruhe ein. Dieses Mal dauerte sie noch länger. Zwischendrin öffnete Gernot ein weiteres Bier. Und Samuel verschwand auf die Toilette. Nur Jochen wanderte immer noch im Raum herum.

Der Erste, der wieder seine Sprache fand, war Samuel, nachdem er in das Zimmer zurückkehrte.

»Ich bin der Meinung, wir sollten Margot nicht einweihen und ihr nichts von Tobias' möglichen Taten erzählen. Sie ist schon jetzt durch den Wind. Das würde sie komplett umwerfen. Ich habe ja Kontakt zu ihr und werde erfahren ob und wann sich ihr Tobias wieder meldet. Wobei ich nicht davon ausgehe. Insbesondere, wenn er wirklich in die Sache verwickelt ist.«

Gernot nickte und meinte: »Je weniger wir sie einweihen, umso besser.«

»So ein Mist, wo du das erwähnst. Wir haben Sebastian vergessen heute Abend einzuladen. Es wäre besser gewesen, wenn er hier mit dabei wäre«, ärgert sich Jochen über sich selbst.

»Du kannst ihn doch morgen informieren. Ich denke, er wird sich unserer Meinung anschließen.«

Gernot sah kein Problem darin, dass der eigentliche Auslöser der Nachforschungen nicht anwesend war.

»Ich hoffe mal, du hast Recht. Wie du weißt, kann er ziemlich aufbrausend sein. Er ist nicht unbedingt der verträglichste Typ. Aber ich werde mit ihm reden und hoffe, er schließt sich unserer Meinung an. Gut, dann wäre das geklärt. Was ist mit meiner ersten Frage bezüglich der Polizei? Es geht hier um einen perfiden Mord, und ich denke, jeder sachdienliche Hinweis könnte wichtig sein.«

Wieder ist es Samuel, der auf Jochens erste Frage reagiert.

»Auch wenn ihr mich für einen Feigling haltet, ich bin dagegen zur Polizei zu gehen.«

»Erklär' mal deine Position«, forderte Gernot Samuel auf.

»Wir stehen am Anfang unseres Berufslebens. Wir haben noch alles vor uns. Stellt euch mal vor, wir müssen – falls die Täter gefasst werden und es zu einer Gerichtsverhandlung kommt – aussagen. Der ganze Presserummel, die Öffentlichkeit, der Druck, der auf uns lasten würde. Wir müssten wahrscheinlich alles haarklein erklären, was wir unternommen haben und wen wir beobachtet haben. Dazu habe ich keinen Bock.«

Am Ende seines Statements stand er auf, stemmte die Hände in die Hüften und blieb mitten im Raum stehen.

»Du hast etwas Entscheidendes vergessen. Das macht mir

enorme Angst und lässt mir einen Schauer den Rücken herunterlaufen«, murmelt Gernot mit todernstem Gesicht.

»Was meinst du damit?«, wollte Samuel genau wissen.

»Der Anschlag wurde von einer Gruppe vorbereitet und begangen. Höchstwahrscheinlich gibt es Hintermänner und - Frauen. Das bedeutet, auch wenn die Polizei – was ich mir kaum vorstellen kann – alle Täter erwischt, gibt es viele Mitwisser. Wer sagt euch denn, dass die, die wir gesehen haben, nicht eventuell nur Handlanger waren und die eigentlichen Drahtzieher überhaupt nicht in Erscheinung getreten sind?«

Jochen unterbricht seinen Freund.

»Und diese uns dann im Laufe des Prozesses sehen und ...«

»Ach du scheiße, dann müssten wir – wie es in den amerikanischen Spielfilmen zu sehen ist - eine andere Identität bekommen. Unser bisheriges Leben wäre futsch.«

Gernot fing an zu hyperventilieren. Er konnte sich kaum noch beruhigen.

»All das, weil wir Idioten Detektiv gespielt haben! Und wie es der Zufall will, einer der Täter mit einer unserer Schulfreundinnen, was angefangen hat.«

»Mir fällt es gerade wie Schuppen von den Augen: Wenn Tobias wirklich aktiv und bewusst an der Vorbereitung beteiligt war, dann kennen die uns sowieso! Er kann den anderen Tätern und seinen Auftraggebern von uns berichten«, brachte es Jochen auf den Punkt.

»Oh nein, und wenn Margot ihm nach unserem zufälligen

Treffen im *Schnitzelhaus* unsere Namen gesagt hat?«

Samuel wollte nicht weiterreden. Die ganze Geschichte machte den dreien immer mehr Angst.

Gernot drehte sich plötzlich zu Jochen und Samuel und sagte gestikulierend: »Leute, wisst ihr was, wir sollten uns jemandem anvertrauen und uns Rat holen.«

»An wen denkst du?«, fragte Samuel etwas ungläubig.

»Ich habe keinen bestimmten im Blick.«

»Aber ich!«, überraschte Jochen die anderen.

»Sag nur, wen denn?«

»Er heißt Paul Küster. Das ist der alte Herr, der uns am Sonntag im Seedammweg angesprochen hatte. Ihr erinnert euch bestimmt. Stichwort: Geldbörse.«

Samuel schüttelte missbilligend seinen Kopf.

»Was willst du denn mit dem Opa?«

»Das erkläre ich dir gleich. Ich habe ihn noch zweimal danach getroffen. Wir haben unsere Telefonnummern ausgetauscht. Der Grund: Ihm war auch aufgefallen, dass mit der Baustelle etwas nicht stimmte. Er hat die Montage der Reflektoren bemerkt.«

Samuel war noch nicht überzeugt.

»Und das befähigt ihn uns Ratschläge zu erteilen?«

»Wir könnten auf jeden Fall mit ihm reden. Er war heute Morgen auch vor Ort und hat live mitbekommen, was passiert ist. Er ist eine Art *Mitwisser*«, ließ Jochen nicht locker.

Gernot, der bisher nichts zu Jochens Vorschlag gesagt hatte, brach sein Schweigen.

»Ich bin dagegen. Je mehr Leute davon eine Ahnung

haben, wie viel wir über diesen Anschlag wissen, umso gefährlicher wird es für uns. Wir sollten uns ab sofort einfach komplett aus der Sache heraushalten.«

Enttäuscht von Gernots Statement, aber nicht überrascht gab Jochen zu:

»Es war eine Idee, mehr nicht. Ich kann deine Position gut verstehen.«

»Und Margot? Was machen wir mit ihr?«, wollte Samuel wissen.

»Du bleibst an ihr dran und informierst uns, falls sie was von Tobias hört. Außerdem könnten wir sie in unseren erweiterten Kreis aufnehmen. Eigentlich ist sie ganz nett«, meinte Jochen.

»Einverstanden, bin dafür«, schloss sich Gernot an.

»Jetzt bleibt nur noch eine Frage offen: Was und wie viel sagen wir Beate, Heidi, Kirsten und Holger?«

»Stimmt, Samuel. Nach dem Sprengstoffanschlag werden sie sicher wissen wollen, was wir herausgefunden haben. Gernot, was meinst du?«

»Ich bleibe bei meiner Haltung. Nur das Nötigste. Auf keinen Fall unseren *Fauxpas* von gestern. Wir sollten sie nicht beunruhigen und in unsere heutigen Szenarien einweihen. Insbesondere nicht in das mit den möglichen Hintermännern, die uns aufspüren könnten.«

Jochen schaute seine beiden Freunde eindringlich und ernsthaft an. Sein Blick wanderte von Gernot zu Samuel und wieder zurück.

»Schauen wir uns in die Augen. Heute, am 30. November

1989, um 21:30 Uhr, sind wir uns einig, bei der Polizei keine Aussage zu unseren Entdeckungen zu machen. Ich werde Sebastian informieren, ohne Details über euren Einsatz zu verraten. Und wir sehen uns Samstag, wenn möglich bei Gernot, um die ganze Sache mit den anderen zu Ende zu bringen. Einverstanden?«

»Ja!«, Gernot schlug ein.

»Ja!«, Samuel stimmte auch zu.

»Dann genehmigen wir uns noch ein Bier. Und Frikadellen sind auch noch da!«

Erleichtert über ihre Vereinbarung ließen die drei den Abend ausklingen. Währenddessen überschlugen sich die Medien mit Berichterstattungen von dem Anschlag, der einmalig in der Geschichte der Bundesrepublik Deutschland bleiben würde.

Samstag, 29. November 2014

Süddeutsche Zeitung

RAF-Anschlag auf Alfred Herrhausen. Neue Spur führt nach Libanon.

Von Hans Leyendecker

Vor 25 Jahren wurde der Deutsche-Bank-Chef Alfred Herrhausen getötet. Die RAF brüstete sich mit dem Attentat, das nie aufgeklärt wurde. Doch sie hatte wohl Hilfe beim Bombenbau.

Ein solches Bombenattentat hatte die Republik noch nicht erlebt. Am Morgen des 30. November 1989 rollte ein gepanzerter Mercedes 500 durch Bad Homburg. Dort hatten Mörder eine Sprengfalle aufgebaut. Nachdem das Vorausfahrzeug mit zwei Leibwächtern des damaligen Chefs der Deutschen Bank, Alfred Herrhausen, eine enge Stelle passiert hatte, schalteten die Attentäter eine Infrarot-Lichtschranke ein. Herrhausens Wagen durchbrach den Lichtstrahl; das löste ein elektrisches Signal aus. Eine auf einem Kinderfahrrad in einer Tasche versteckte Bombe wurde gezündet. Herrhausen, der damals einer der wichtigsten und mächtigsten deutschen Manager war, starb.

Alles lang her und doch noch so nah.

Die Mörder wurden bis heute nicht gefasst. Dass auch hinter

diesem Mord die dritte Generation der RAF steckte, haben die Täter in einem Bekennerschreiben mit der Sorgfalt deutscher Buchhalter beurkundet: Das bei solchen Anlässen übliche Papier, mit dem Wasserzeichen *Römertum Klanghart*, dem Frauenmotiv auf der Briefmarke, der bekannten Tarnadresse und dem korrekten Stempel mit dem richtigen Emblem. Das alles war Original-RAF. Aber natürlich wuchern bis heute Mythen, dass hinter alledem die CIA, die Stasi oder Feinde Herrhausens aus der Welt des großen Geldes, gesteckt hätten.

Half die Volksfront für die Befreiung Palästinas?

Der Autor Egmont R. Koch, ein Veteran der Seriosität, hat in einem Film, der am Montagabend, um 23.30 Uhr in der ARD zu sehen ist (*Die Spur der Bombe: Neue Erkenntnisse im Mordfall Herrhausen*), all den Verdächtigungen und all den Spuren, eine interessante Variante hinzugefügt. Vieles spreche dafür, dass Terroristen der *Volksfront für die Befreiung Palästinas* (PFLP), die Bombe geliefert hätten.

Die Kombination Lichtschranke und Bombe war neu für die RAF und auch die ausgeklügelte Technik des Sprengsatzes. Sie war so konstruiert, wie eine panzerbrechende Mine. In der Tasche auf dem Fahrrad befanden sich sieben Kilo TNT-Sprengstoff und eine gewölbte Kupferplatte. Durch die Explosion verformte sich diese zu einem großen Projektil, das den Wagen mit unvorstellbarer Wucht durchschlug. Herrhausen wurde durch Splitter der gepanzerten Tür getötet. Mit gewöhnlichem Sprengstoff und/oder großkalibriger Munition wäre das nicht passiert. In Westeuropa hatte es vorher noch nie einen vergleichbaren terroristischen Anschlag gegeben.

Für Kochs Film rekonstruierte das Fraunhofer Ernst-Mach-Institut (EMI) das Attentat. Das Fahrzeug wurde im Maßstab eins zu zwei nachgebaut, Stahlplatten stellten die gepanzerten Fahrzeugtüren nach. Die Bombe war kleiner als die der RAF.

Die Explosion wurde mit einer Hochgeschwindigkeitskamera aufgenommen und dann von Professor Klaus Thoma, dem renommierten Leiter des Fraunhofer-Instituts, analysiert.

Thoma, der Mitglied in diversen hochrangigen Sicherheits-gremien ist und einen Ruf zu verlieren hat, glaubt nicht, dass Terroristen in Deutschland oder Westeuropa das Wissen gehabt hätten, diese Bombe zu bauen: *Es ist sehr eindeutig, dass da viele, viele Versuche gemacht wurden, um dieses komplexe System überhaupt zu testen.*

Für ihn sei es eindeutig, dass da jemand eine Technologie von jemandem übernommen hat.

Aber wer hat, wenn es so war, der RAF geholfen?

Der ehemalige CIA-Agent Robert Baer kommt da ins Spiel. Der Ex-Geheimdienstler war einst als Agent im Nahen Osten und im Libanon stationiert. Er wies Koch auf einen Anschlag hin, der acht Tage vor dem Herrhausen-Attentat verübt wurde: Am 22. November 1989 war der damalige libanesische Präsident René Moawad in Beirut in eine Sprengfalle geraten, die genauso wie die Herrhausen-Sprengfalle aufgebaut war. Nur hatte sie noch mehr Sprengstoff.

Ich denke, dass die Herrhausen-Bombe im Libanon herge-stellt und getestet wurde, meint Baer. Zu *neunzig Prozent* sei er sich da sicher. Baer hat für die CIA eine der Bomben beschafft und zur Analyse nach Washington bringen lassen. Seinen Angaben zufolge, habe er die Spur der Bombenbauer in einem Palästinenserlager gefunden, wo Leute der Hisbollah und der Palästinenser auf engstem Raum beim Bombenbau zusammengearbeitet hätten.

Nach seiner Darstellung hat das Herrhausen-Attentat selbst den Secret Service beunruhigt. Warum sollte eine solche Waffe nicht gegen den amerikanischen Präsidenten eingesetzt werden? Wir fragten uns natürlich auch, wo hat die RAF das her?

Historisch belegt ist die enge Zusammenarbeit zwischen der Palästinenser-Volksfront PFLP und der RAF. Mit der Entführung der Lufthansa-Maschine LH 181 *Landshut* im Oktober 1977, wollte ein vierköpfiges PFLP-Kommando die RAF während der Schleyer-Entführung unterstützen. Generationen europäischer Terroristen sind von der PFLP im Südjemen ausgebildet worden. Ehemalige RAF-Kader haben bei Vernehmungen gestanden, dass sie in Ausbildungslagern des Nahen Ostens auf das Morden in Deutschland und Europa vorbereitet wurden ...

Aber entscheidend im Fall Herrhausen ist die Bomben-Spur. Den Ermittlern war in Mailand, anderthalb Jahre vor dem Anschlag, bei italienischen Bündnisgenossen der RAF, ein Brief der deutschen Terroristen in die Hände gefallen, in denen sie sich nach einem *Spezialisten* erkundigten, der *eine Methode zur Panzerbrechung* entwickelt habe. Die Rotbrigadisten konnten da aber nicht helfen.

Die SZ hat mit deutschen Ermittlern über die PFLP-Spur im Fall Herrhausen gesprochen und ist auf Skepsis gestoßen. Die Waffe wäre *doch gar nicht so neu gewesen*, sagt ein Beamter. Ein anderer meint, das sei *doch eine übliche Kriegswaffe*.

»Ja, im Krieg ist die üblich«, sagt Professor Thoma vom Fraunhofer-Institut. Aber: »Wie sollten deutsche Terroristen eine solche Waffe herstellen?« Das seien *Laien* gewesen. So *trivial*, wie manche Ermittler tun, sei der Bombenbau nicht. Da müssten *viele Parameter passen, bis die Waffe funktioniert*. Eigentlich ist es auch gar keine richtige Bombe, sondern ein Spreng-Geschoss, weil erst durch die Explosion ein Projektil erzeugt wird. Die Hisbollah setzte diese Waffe in den 1990er-Jahren gegen die Israelis im Südlibanon ein.

Im Frühjahr 2005 wurden auch im Irak gepanzerte amerikanische Militärfahrzeuge von Terroristen mit Sprengfallen angegriffen. Mehr als einhundert Soldaten starben dabei.

Danach stellten Spezialisten fest, dass die Bomben im Irak so groß und so schwer waren, wie die Waffe, die im November 1989 Alfred Herrhausen tötete.

2019

Oktober 2019

Jochen war schon immer ein Pedant. Er hebt alles auf, merkt sich jedes Detail, findet die unmöglichsten Dinge im Handumdrehen und behauptet von sich, dass er mehr über andere weiß. Keiner will mit ihm zusammen ‚Wer wird Millionär' schauen, denn es macht einfach keinen Spaß. Man kommt überhaupt nicht zum Mitraten, denn Jochen hat die Lösung innerhalb von Sekundenbruchteilen und blökt sie unverhohlen heraus. Es macht ihm anscheinend riesigen Spaß, der Spielverderber zu sein. Wenn er mal wieder etwas besser weiß, dann setzt er dieses selbstherrliche Lächeln auf und schaut einen mit seinen kleinen Knopfaugen intensiv an. Kein Wunder, dass er nicht unbedingt zu den beliebtesten Mitmenschen gehört. Wäre da nicht eine besondere positive und angenehme Eigenschaft von ihm: Jochen ist ein begnadeter Koch. Und – man mag es kaum glauben – ein charmanter Gastgeber. Wenn er einlädt, dann kommen alle seine Bekannten, weil sie wissen, so gut werden sie die nächsten Wochen nicht mehr essen.

Einmal im Jahr gibt er ein großes Festmahl. Besser gesagt, eine Schlemmer-Orgie. Das Ganze geht traditionell um 18:00 Uhr am Abend los und es ist schon vorgekommen, dass Gäste sich spontan entschieden haben, einfach bei ihm zu übernachten. Denn sie waren so gesättigt und träge von den leiblichen Genüssen, dass an eine Heimkehr nicht zu denken war. Die vorausplanenden Freunde buchen sowieso ein Hotel, damit sie kein Risiko eingehen.

Jochen lädt zu sich nachhause ein. Er räumt dafür extra seine großzügige Altbauwohnung um, damit alle Gäste Platz finden. Viele haben sich schon gefragt, warum er das macht – diesen Aufwand betreibt. Er nimmt sich extra dafür immer eine Woche frei. Die ersten Tage zum Vorbereiten und die nach dem Festmahl zum Aufräumen und Erholen. Wahrscheinlich funktioniert dieses Ritual auch deshalb so gut, weil Jochen nie verheiratet war und – keiner weiß es so genau – auch noch nie eine feste Freundin hatte.

Es gab schon diverse Gerüchte, er sei schwul und hätte einen geheimen Freund. Doch nichts davon hat sich bewahrheitet. Früher war Jochen kommunikativer und offener. Doch mit den Erlebnissen und den Jahren ist er stiller geworden. Wobei, an einem Abend im Jahr macht er eine Ausnahme, da ist er nicht zu bremsen!

Gernot

Gernot ist genervt. Er steht jetzt schon seit über zwei Stunden in seiner Weinhandlung im Frankfurter Nordend und kein einziger Kunde hat sich in seinen Laden verirrt. Nie kann man voraussagen, wann die Leute kommen. Mal ist Freitag die Hölle los, dann wieder am Samstag. Gut, montags ist nie etwas los, da haben alle noch genug intus vom Wochenende. Da sollte man am besten gar nicht erst aufmachen. Er hat trotzdem offen, weil Anfang der Woche die Weinlieferungen aus aller Welt kommen. Wobei, so ganz stimmt das auch nicht.

Vive la France führt natürlich hauptsächlich französische Weine. Obwohl Gernot sich schon ein paar Exoten gönnt: Südafrikanische Weine zum Beispiel, *Pinotage* oder ein schöner *Chardonnay* aus *Stellenbosch*; hochpreisige Argentinier sind auch dabei. Ansonsten konzentriert er sich auf die klassischen französischen Weinanbaugebiete: zuerst natürlich aus dem Bordeaux und dem Burgund, der *Côtes du Rhone*, dem *Languedoc* und im Sommer, frische Roséweine aus der *Provence*.

Schon mit Anfang zwanzig hat er seine Leidenschaft für Frankreich entdeckt. Damals ist er zusammen mit seiner ersten Freundin in seiner Ente mehrmals im Jahr losgefahren und hat die berühmten Chateaus besichtigt und natürlich jede Menge Wein verköstigt.

Gernot sagt immer: »Ein Weinkenner ist wie ein guter Wein, er braucht auch viel Zeit zum reifen.«

Heute ist er reif, denn auch er wird bald fünfzig, so wie sein Schulfreund Jochen. Wobei ist er eigentlich noch ein richtiger Freund? In der Zeit vor und nach dem Abi waren sie schon dicke Freunde. Aber danach hatten sie sich aus den Augen verloren. Erst als Jochen mit seiner Tradition begann, einmal jährlich, nämlich immer Ende November, alle von damals zu sich einzuladen, wurde die Beziehung wieder enger.

Über genau diesen Umstand denkt Gernot nach, als er wieder einmal, pünktlich Ende Oktober, die Einladung zu Jochens Gourmet-Wochenende in den Händen hält. Ganz im

Sinne von gleichen Interessen freut er sich auf das Event, denn beide liegen diesbezüglich auf einer Wellenlänge. Gutes Essen, insbesondere mediterranes, dazu hervorragende Weine, das passt. Wenn es dann aber zur Konversation außerhalb dieses Themenkreises kommt, dann gehen die Meinungen meistens auseinander.

Dieses ewige hochnäsige Getue von Jochen: Wo bist du denn engagiert? Und hast du schon die neuesten *ETFs* und Bonds gezeichnet?

Gernot versteht nur Bahnhof. Investmentbanker sind eben ein Volk für sich.

Auch mit der Liebe hat es Jochen wohl nicht so. Keine Affären, keine Frauen, keine Männer. Gar nichts! Gernot hat sich des Öfteren schon gedacht, *vielleicht geht er heimlich in Swinger-Clubs, das wäre ihm zuzutrauen.*

Der Weinliebhaber streichelt über seine wohl-proportionierte Kugel, die sich über seiner Hose entwickelt hat. Am Verkostungstresen gelehnt, träumt er von seinen vier Frauen, die er in den letzten zwanzig Jahren geliebt hat. Momentan, allerdings, ist er mal wieder ohne. Aber auch diese Phase wird vorübergehen, da ist er sich sicher.

Ein Vorteil an seinem Laden ist, dass er immer wieder interessante und interessierte Frauen kennenlernt. Weil er recht schnell Kontakt aufnimmt und nach einem Gläschen auch locker-flockig daherredet, fällt ihm das Anbandeln nicht schwer. Klar, er ist nicht mehr der Jüngste und die grauen Haare werden leider immer mehr, aber mit seiner schulterlangen Frisur und dem Fünftagebart verzaubert er die meisten ab vierzig immer noch. Insbesondere, wenn auch sie schon Beziehungen hinter sich haben. Dann sind sie ganz wild auf neue Bekanntschaften, denn die Panik, keinen mehr abzubekommen, nimmt stetig zu. So erklärt er es sich das jedenfalls.

Dabei muss er aufpassen, dass er sich mitunter nicht übernimmt. Seine Manneskraft ist nämlich nicht mehr so *dolle*. Einer seiner bekannten Sprüche zu diesem Thema: *Manchmal versiegt der Brunnen, auch wenn viel gepumpt wird.* Apropos, da fällt ihm doch gleich Heidi ein. Das war doch letztes Jahr auf dem Dinner bei Jochen.

Er war ihr auf Jochens gemütlicher Couch nähergekommen und hatte sie, nach ein paar vollmundigen Gläsern Languedoc, mit seinem Charme beglückt. Ganz heimlich, so dass es die anderen nicht mitbekommen hatten, lag seine Hand ganz zufällig unter ihrem Po. Danach wollte sie gar nicht mehr aufstehen. Er hatte ihr vom Rotwein der *Domaines Paul Mas* dreimal nachschenken dürfen. Das war der Anfang einer wochenlangen intensiven sexuellen Affäre, die er dann abrupt beendet hatte.

Warum eigentlich?, denkt er sich heute. Und: *Was mache ich, wenn ich sie bei Jochen dieses Mal wiedersehe?*, fragt er sich in diesem Moment.

Gernot wird jäh aus seinen Träumen gerissen, denn plötzlich steht ein bieder gekleidetes Ehepaar vor ihm.

»Guten Tag, unsere Tochter heiratet nächsten Monat, wir würden gerne einen Weißen und einen leichten Roten für die

Feier aussuchen. Haben Sie Riesling aus Rheinhessen und Dornfelder aus Baden?«

Gernot zuckt kurz zusammen.

Ganz freundlich bleiben, sagt er zu sich, *sie haben das Schild am Laden wahrscheinlich nicht gelesen: Vive la France.*

Er baut sich in seiner ganzen Körperfülle vor den beiden auf und zeigt seine kundenfreundlichste Miene, die er sich aus seinem vollbärtigen Gesicht pressen kann.

»Die Herrschaften, wir führen nur Weine aus Frankreich, Südafrika und Argentinien. Ich kann Ihnen gerne unterschiedliche Kombinationen empfehlen und Sie können selbstverständlich alle gerne probieren.«

Die Blicke der beiden, die auf seine Aussage folgen, sind kaum zu beschreiben. Entsetzen, Schock, ja, vielleicht sogar ein Anflug von Ekel sind abwechselnd zu sehen.

Nach einer scheinbar unendlichen Pause, sagt die dürre, ausgemergelte Endsechzigerin zu ihrem Oberstudienrat – er sieht jedenfalls wie einer aus – »Komm Schatz, der junge Mann versteht nichts von Wein. Wir holen einfach wieder den von Günther Jauch, da können wir nichts falsch machen!«

Mit hoch erhobenem Haupt ziehen die beiden von dannen. Gernot bleibt nichts anderes übrig, als seinen Kopf dreimal auf den Tresen aufzuschlagen. Danach geht es ihm besser, und er findet die Zeit, die Einladung von Jochen genauer zu studieren.

Immer noch dieses eierschalenfarbige Papier! Unglaublich, wie kann man nur so bieder sein.

Wahrscheinlich hat er 1999 bei Papier Krämer eine ganze Kiste davon günstig erstanden, um sie in den nächsten Jahren aufzubrauchen. Dann muss er immerhin schon die Hälfte weghaben, denn, wie es hier zu lesen steht, feiert er schon das zwanzigjährige Jubiläum seiner Orgie. Und, oh Wunder, diesmal an einem neuen Ort: hoch über den Dächern Frankfurts, im neuen Europaviertel.

Der Mann? Dort? Da ziehen doch nur Yuppies oder junge Ehepaare hin, die mehr Geld, als Geschmack haben? Na, immerhin ein Penthouse, das entschuldigt einiges. So viele Penthäuser gibt es nämlich in Frankfurt nicht. Da schwebt man über den Dingen; hat den freien Blick auf die Geldvernichtungs-Hochhäuser und den Millionärshügel, auch Taunus genannt.

»Entschieden!«, ruft er laut aus.

Auch dieses Mal wird er mit von der Partie sein. Und mit Heidi wird er schon klarkommen. Vielleicht hat sie ja einen neuen Schmeichler und interessiert sich nicht die Bohne für ihn.

Heidi

Ein schönes warmes Gefühl steigt in ihr hoch. Die Erinnerung an Gernot ist noch immer präsent. Sein anschmiegsamer Körper, seine großen kräftigen Hände. Was hatte sie nur falsch gemacht, dass er sich so plötzlich von ihr abgewandt hat? Es war zwar nur eine oberflächliche Beziehung, die aus gelegentlichen Treffen und intensivem Sex bestand, doch beide, so denkt Heidi jetzt, haben es genossen. Männer! Sie können so oberflächlich und verletzend sein. Aber was sollte sie machen? Einen wie Gernot hat sie seitdem nicht wieder getroffen, geschweige denn im Bett gehabt. Warum muss gerade heute die Einladung von Jochen im Briefkasten sein? Heute, da sie in so melancholischer Stimmung ist. Plötzlich fröstelt sie. Kein Wunder bei diesem feuchtkalten Oktoberwetter.

Auf ihrem Lieblingsplatz, im Hinterhof eines alten Hauses in der Leipziger Straße in Frankfurt-Bockenheim, ist viel los. Ihr kleines Ladengeschäft liegt für Passanten günstig in einer Passage. Gemeinsam mit einem Café und einer Kindermoden-Boutique. Die Kälte lockt die Menschen herein und einige bleiben auch vor den farbenfrohen Pullover-, Westen- und Mützen-Kreationen in ihrem Schaufenster stehen, die einen freundlichen Kontrast zu dem Grau des Himmels darstellen.

Heidi sitzt wie immer auf ihrem gemütlichen Sessel neben der Eingangstür und geht ihrer Passion nach: dem Stricken. Das macht sie, seit sie zwölf ist. Heute gehen die Bewegungen nicht so locker von der Hand wie sonst. Auch die Konzentration lässt zu wünschen übrig, denn sie ist mit ihren Gedanken woanders. Sie malt sich aus, wie es wäre, Gernot wiederzusehen.

Ob er noch so auf sie abfährt, wie vor einem Jahr?

Wie ein wildes Tier war er über sie hergefallen. Anfangs war das für sie recht befremdlich. Es hatte aber, so denkt sie heute, ihrem Selbstbewusstsein enorm gutgetan. Denn seit der Schulzeit war sie mehr oder weniger solo gewesen. Ab und zu mal einen Typen, den sie in einer der vielen Kneipen in Bockenheim kennengelernt hatte. Etwas Ernstes wurde aber nie daraus. Die Männer waren meistens von ihren Proportionen beeindruckt und bissen neugierig an. Als sie dann mehr von sich erzählen wollte, hatten sie aber schon genug von ihr. Das war oft verletzend und mit den Jahren zog sie sich immer mehr zurück.

Einmal hatte sie sogar ein Abenteuer mit einer Frau. Es fühlte sich gut an. Sie trafen sich ein paar Mal. Als sie zu ihrer *Freundin* nachhause eingeladen wurde, war da noch eine andere. Ihre Partnerin. Heidi war schnell klar, worum es ging. Darauf hatte sie keine Lust und nahm sofort ihre Sachen und ging. Später saß sie in ihrer kleinen Wohnung über ihrem Laden und heulte den ganzen Abend lang. *Warum immer sie? Warum konnte sie keine normale Beziehung haben.* Immer war alles kompliziert oder es kam gar nicht so weit, den potenziellen Partner wirklich kennenzulernen.

Wie so oft, hat sie auch diesmal das beruhigende Geräusch der Stricknadeln getröstet. Die stete Bewegung, die Kombination der Farben und das langsame, aber unaufhörliche Entstehen eines Kleidungsstücks, haben etwas Kontemplatives, etwas Beruhigendes. Stricken ist für Heidi wie eine Religion. Und sie ist die Schöpferin! *Das Glück ist doch zum Greifen nah*, denkt sie.

Ein Lächeln huscht über ihr Gesicht. *Dann soll Gernot auch kommen.* Sie wird auf ihn positiv zugehen, ihm zwei Küsschen auf die Wangen hauchen. Und so süß sie es kann, flüstern: *Hallo Gernot, schön dich zu sehen.* Mehr nicht. Er wird bestimmt nicht zurückweichen. Er wird, so wie sie ihn kennt, etwas verlegen sein und irgendetwas Unverständliches stammeln.

Vielleicht gibt es ja die kleine Couch noch? Darauf hatten sie beide ihre erste intime Berührung. Aber Moment mal. In der Einladung von Jochen stand etwas von einer neuen Wohnung? Ein Penthouse in dieser Neubaugegend in der Europaallee. Direkt neben der Messe. Das ist nicht weit von hier.

Da kann sie ja mit dem Fahrrad hinkommen. Perfekt!

Aber, wenn Jochen in solch ein Schickimicki-Stadtteil gezogen ist, dann hat er sicher seine alte gemütliche Couch nicht mitgenommen. Wahrscheinlich steht dort eine sündhaft teure Couchlandschaft aus Leder von *Rolf Benz.*

Fast unmerklich schüttelt sie ihren Kopf, der voller dunkelbrauner ungebändigter Locken ist. So eine Penthouse-Wohnung passt überhaupt nicht zu Jochen. Er ist zwar penibel und ordentlich, aber seine herrschaftliche Altbauwohnung im Westend war voller Antiquitäten, Gemälden und eher opulent als minimalistisch.

Sie kann sich nicht vorstellen, dass er diesen Stil auch in die kalte Umgebung einer solchen Lage mitgenommen hat. War da nicht neulich ein Bericht in einer Designzeitschrift über eines dieser Apartmenthäuser in der Europaallee? Über eine Million musste man dafür hinlegen und dann stand noch kein einziges Möbelstück drinnen. Wahrscheinlich hat Jochen gleich bei Margot ein paar moderne Gemälde und Skulpturen erworben. Die würden perfekt dorthin passen.

Soll ich wirklich die Einladung annehmen? Ich habe doch nichts Passendes zum Anziehen. Ein Cocktailkleid ist nichts für mich. Aber mit meinen ausgewaschenen Jeans kann ich bestimmt auch nicht auftauchen, stellt Heidi fest.

Sie schaut hoch und lässt ihren Blick durch das Schaufenster auf das gegenüberliegende Haus wandern. Dann kommt ihr eine Idee.

Am besten ich rufe mal Kirsten an. Die wird doch sicher gemeinsam mit Holger auch eine Einladung von Jochen erhalten haben. Ja, das ist eine gute Idee. Vielleicht gehen wir gemeinsam nächste Woche shoppen.

»Guten Tag, haben Sie diese wunderschönen Pullover selbst gestrickt?«, fragt eine Frau in Heidis Alter und unterbricht ihre Planungen jäh.

»Ja, das sind alles Kreationen von mir. Möchten sie mal anprobieren?«

Die Frau ist schon auf der Schwelle im Laden und Heidi zieht sie geschickt hinein.

»Die Farbkombinationen sind immer anders. Schauen Sie mal hier …«

Margot

»Nicht so! Das hängt doch völlig schief! Wie kann man nur so ungeschickt sein!«

Margot schiebt den jungen Azubi genervt zur Seite und rückt das überaus hässliche, abstrakte Gemälde rechts fünf

Millimeter nach oben.

»Dass du sowas im dritten Lehrjahr immer noch nicht siehst! Ein Bild muss perfekt präsentiert werden und da stört jeder Millimeter, den es nicht gerade hängt.«

Benjamin rollt mit den Augen. Seine Chefin ist manchmal nicht zum Aushalten. Im Grunde ist sie ja ganz in Ordnung, aber wenn es um die Präsentation der Schmuckstücke in ihrer Galerie in Sachsenhausen geht, da kennt sie kein Pardon.

»Ben, heute ist Mittwoch, du weißt, was deine Aufgabe ist? Alle Exponate müssen penibel von Staub befreit werden und bitte achte darauf, dass danach nichts schief an der Wand hängt oder eine Skulptur verschoben ist. Ich kontrolliere alles aufs Genaueste!«

Margot Besier, von ihren Freunden Maggie genannt, lebt und liebt ihren Beruf als Galeristin aus voller Überzeugung und mit ganzem Herzen. Immer schick, meistens in leuchtenden Farben gekleidet, ganz *Grand Dame,* gehört sie zu dem erlauchten Kreis derer, die in der Stadt gerne zu offiziellen Empfängen, Erstaufführungen und besonderen Anlässen eingeladen werden.

Sie kennt alle von Rang und Namen und behauptet von sich, stets auf dem neuesten Stand zu sein, was Klatsch und Tratsch angeht. Besonders stolz ist sie auf ihre Verbindungen in die Politik und in die Kulturszene. Aber auch die Vorstände der Banken sind ihr nicht unbekannt. Schon alleine deshalb, weil sie in den letzten Jahren immer wieder mal eine Ausstellung in einer Bank organisiert hat. Nichtsdestotrotz ist das Kunstgeschäft kein einfaches, denn man muss Geduld haben, bis der richtige Interessent kommt, und dann sollte man Fingerspitzengefühl entwickeln, um die anspruchsvolle Kundschaft bei Laune zu halten. Wie oft schon ist ein Geschäft in letzter Minute geplatzt, weil das Kunstwerk zwar einem Partner gefallen hat, aber die oder der andere sich letzten Endes doch durchgesetzt hat.

Aber Maggie kann gut mit Leuten, sie ist freundlich, gebildet, nicht schwatzhaft und hält die nötige Distanz zu den ganz Großen. Nur eins lässt sie sich nicht: abwimmeln. Sie bleibt dran, wenn sie mal eine Chance wittert. Höflich, aber bestimmt betreibt sie Kundenbindung. Dann auch gerne über viele Jahre. Immer wieder überlegt sie sich kleine Aufmerksamkeiten oder spricht Einladungen aus. Nach einiger Zeit dann, die Interessenten bemerken es kaum, ist eine vertrauensvolle Beziehung entstanden. Das Gespräch über Kunst sorgte immer für die Möglichkeit, ganz *en passant* das Interesse an einem Bild oder einer Skulptur zu wecken.

Maggie sagt gerne: Der Kauf eines Kunstwerkes ist wie eine junge Liebe: Man sollte nichts überstürzen, aber im richtigen Moment entscheiden. Denn tut man das nicht, dann bereut man es eventuell sein ganzes Leben. Wie wahr. Denn genau diese Erfahrung hatte sie selbst gemacht, als sie nach dem Abi den Mann ihres Lebens kennengelernt hatte.

Während Ben seiner Aufgabe nachgeht, schaut Maggie die Tagespost durch. Siehe da, dieser geschmacklose Umschlag kommt ihr bekannt vor. Sie riecht daran, bevor sie ihn mit ihrem kunstvoll-verzierten Briefmesser öffnet. Schweres Männerparfüm. Eindeutig Jochen Lauscher.

Ist schon wieder ein Jahr vergangen?

Sie streicht das eierschalenfarbene schwere Papier glatt, überfliegt den Text und bleibt an einer Stelle hängen ... lasst euch überraschen ... in meinem Penthouse, im 12. Stock über dem Europaviertel ... und am Ende steht noch ... ich habe dieses Jahr alle eingeladen ...

Was meint er mit alle?, fragt sie sich.

Soweit sie sich erinnern kann, kamen bisher immer um die neun Gäste, mit Jochen waren es maximal zehn, denn mehr gingen nicht an Jochens ausladenden Esstisch. Gut, manchmal haben welche abgesagt, dann waren sie nur zu sieben oder acht. Aber wer sollte fehlen? Jochen ist ein äußerst konservativer Mensch und in seiner Art schon fast pedantisch penibel.

Sollte er einen aus der Abi-Clique über die ganzen Jahre vergessen haben oder hatte er noch zu anderen aus der Abschluss-Jahrgang 1988 Kontakt? An ihrem Designerschreibtisch sitzend, überlegt Maggie ganz genau, wer in den letzten Jahren bisher alles eingeladen war.

Okay, Gernot Rach auf jeden Fall. Der kam immer – schon allein wegen des Essens und des Weins – das ließ er sich nicht entgehen. Kirsten und Holger Kost gehören einfach dazu. Mit ihnen kann man sich vorzüglich unterhalten und meistens saß ich dem sympathischen Ehepaar auch gegenüber. Das zweite Ehepaar ist mir nicht ganz so sympathisch, da habe immer das Gefühl, die beiden haben etwas zu verheimlichen. Aber vielleicht täusche ich mich auch. Sie heißt ... Carolin. So eine kühle Blonde, äußerst gepflegte Anwältin. Und er, na ja, passt eigentlich gar nicht zu ihr. Ein Autoverkäufer, oder wie er sagt, Verkaufsleiter eines großen Autohauses in Oberursel. Okay, das sind fünf Personen, mit mir sechs. Ach, den hätte ich doch glatt vergessen, unseren Samuel: Zurückhaltend, still und feingliedrig. Eben ein richtiger Musiklehrer. Viel zu sagen hat er ja nicht; eigentlich schade, denn ich mag klassische Musik und Jazz. Vielleicht sollte ich dieses Mal mehr mit ihm reden. Möglicherweise taut er ja auf und hat sich bisher nur nicht getraut. Und natürlich Heidi Hinkel, unsere Strickliesel. Mit ihr bin ich ja nie so richtig warm geworden, schon damals in der Schule nicht. Wie konnte man nur die ganze Stunde über stricken oder häkeln? Die Jungs haben das geliebt, jedenfalls haben sie massenweise Eintracht- oder Bayern-Fanschals in Auftrag gegeben, und die Hände, der schon damals mit Rundungen gesegneten Frau, zauberten einen nach dem anderen. Heute hat sie – welch Überraschung – ein Handarbeitsgeschäft in Bockenheim. Damit hätte ich die Besetzung vom letzten Mal.

Das Jahr zuvor war sie verhindert. Sie besuchte die Kunst-Ausstellung in Basel. Und das Mal zuvor, waren Kirsten und Holger nicht da, dafür aber Beate, die Hundemama aus Frankfurt-Berkersheim. Ein überaus lieber Mensch. Sie opfert sich, ihre Zeit und ihr Geld den armen Tieren aus Osteuropa. Meistens brachte sie eine ihrer Spendenboxen mit und alle gaben etwas. Bis auf Jochen, der war unendlich geizig in solchen Sachen. *So, jetzt sind wir bei neun. Mehr waren nie da,* fasst sie für sich zusammen.

Margot kommt nicht dazu, weiter über mögliche Gäste

nachzudenken, denn eine Gruppe von Chinesen betritt ihre Galerie. *Auch das noch!*

Freundlich lächelnd geht sie auf die interessiert schauende Menschenmenge zu und versucht, diese am Eingang abzufangen. Doch das gelingt ihr nicht. Die meisten wuseln schon um die Exponate herum und machen mit ihren Smartphones Fotos.

»Please, no photos! It is not allowed!« You can buy a catalogue, it just costs eight Euro.«

Etwas hilflos hält sie ihren schmucken Katalog in die Luft und wedelt damit herum, doch keiner der Chinesen reagiert. *Nun gut, dann ganz ruhig bleiben und aufpassen, dass nichts beschädigt wird.*

Nach fünfzehn Minuten ist der Spuk vorbei. Erschöpft trifft sie eine für sie ungewöhnliche Entscheidung.

»Ben, komm, wir machen für heute zu, es ist zwar erst 17:45 Uhr, aber ich denke, nach diesem Ansturm haben wir uns den Feierabend verdient.«

Margot zieht ihren kanariengelben Blazer an, der eng tailliert, perfekt zum gleichfarbigen engen Rock passt. Auch die Schuhe sind kanariengelb. Kurz zieht sie sich noch die Lippen nach, kontrolliert ihre Frisur im Spiegel und entscheidet sich spontan, auf ein Glas Rotwein in die Vinothek, um die Ecke zu gehen. An diesem nebligen Herbsttag der perfekte Ausklang. Vielleicht fallen ihr dann noch weitere Namen ein, die als Gäste bei Jochen infrage kommen.

Irgendwie lässt sie dieser letzte Satz von ihm nicht los ...

Ich habe dieses Jahr alle eingeladen.

Carolin & Sebastian

Sebastian öffnet die Tür seines schicken Eigenheimes in Oberursel. Er ist wie immer spät dran, denn der Feierabendverkehr war mal wieder der Horror. Die A661 war komplett dicht, ein Laster hatte seine Ladung verloren – Kaffee. Das einzig Schöne an dieser Sache war, die ganze Gegend riecht nun wunderbar nach frisch gemahlenem Kaffee.

»Hallo Schatz, ich habe es endlich geschafft! Du hast gar nicht in den Briefkasten geschaut, es ist jede Menge Post gekommen. Unter anderem eine Einladung von Jochen. Ich kann es am Umschlag erkennen. Er schickt immer diese beigen altmodisch wattierten Teile. Caro, wo steckst du denn? Ich habe einen Bärenhunger!«

Nachdem Sebastian die Tagespost und seine Tasche auf die Couch befördert hat, macht er sich erst einmal ein Bier auf. Das ist seine Art, den Feierabend zu starten. Als er die Tür zum Badezimmer öffnet, hat er seine Caro entdeckt. Sie liegt entspannt mit Kopfhörern in einer mit milchig warmem Wasser gefüllten Badewanne. Ihre Augen sind geschlossen. Sebastian schleicht sich an sie heran, obwohl das nicht notwendig wäre, denn seine Frau hört und sieht sowieso nichts. Er taucht seine Hand in das Wasser und macht eine schnelle Bewegung in Richtung Badenixe. Sofort kreischt sie laut auf.

»Du spinnst wohl! Begrüßt man so seine geliebte Frau?«

Sebastian beugt sich entschuldigend zu ihr herunter und will Carolin einen Versöhnungskuss geben. Doch soweit kommt er nicht, denn sie schiebt ihn unwillig von sich.

»Bäh, du riechst nach Bier. Du weißt, ich kann diesen Geruch nicht leiden.«

Sebastian zieht sich enttäuscht zurück, lehnt sich aber an die gegenüberliegende Wand und beobachtet mit einem voyeuristischen Blick seine Frau.

»Was glotzt du so? Noch nie eine nackte Frau in einer Badewanne gesehen?«

»Doch schon, aber keine, die einen Slip auf dem Kopf hat.«

Carolin fasst sich auf ihren Turban, der ihr Haupt krönt, und siehe da, oben drauf – wie konnte das nur passieren – hat sich doch wirklich ihr Slip hineingemogelt. Sogleich nimmt sie ihn und schleudert ihn samt des Handtuchs in Sebastians Richtung. Der weicht aus und lacht sich nur noch mehr schief, denn seine Caro sieht wie immer, wenn sie sich aufregt, ganz besonders süß aus. Und deshalb ärgert er sie auch so gerne.

»Frau Anwältin, ich bitte um Gnade, ich habe im Affekt gehandelt.«

Er stürzt sich auf sie und landet mit einem *Platsch* neben ihr in der Badewanne, natürlich in voller Montur.

»Ist die Dame jetzt bereit, mich zu küssen?«

»Dein Einsatz, *Mr. Wet-T-Shirt*«, fordert Carolin ihren klatschnassen Sebastian auf.

Aus dem Kuss wird schnell mehr. Der Liebesakt wird allerdings für Sebastian eine akrobatische Übung. Seine Caro hingegen, hat ihren Spaß, denn am Ende bleibt sie noch mindestens zwanzig Minuten entspannt in der Wanne liegen. Da ist Sebastian schon längst wieder in der Küche und bereitet ein leichtes Abendessen vor.

Beide sitzen erschöpft bei Tomate mit Mozzarella und einem kleinen Lachssteak an ihrem schicken rustikalen Holztisch. Zwischen ihnen liegt die Einladung von Jochen.

»Seit wie vielen Jahren macht er dieses opulente Essen schon?«, fragt Carolin.

»Hier steht, dass er dieses Jahr sein zwanzigjähriges Jubiläum feiert. Sei froh, du warst nur die letzten zehn Jahre dabei. Ich habe das schon neunzehnmal mitgemacht. Deswegen habe ich mir bestimmt zehn Kilo angefressen!«, sagt Sebastian und fasst sich an seinen kleinen, aber doch merklich gewachsenen Bauch.

»Dieses Mal soll es aber was ganz Besonderes werden. Er schreibt ... *lasst euch überraschen, ich werde mich selbst übertreffen. Nicht nur was das Menü angeht, sondern auch hinsichtlich der Aussicht: Ihr werdet mit fantastischem Skyline-Blick über den Dächern von Frankfurt speisen. Seid herzlich willkommen in meinem Penthouse, im 12. Stock über dem Europaviertel.«*

»Sebastian! Das habe ich überhaupt nicht mitbekommen. Ist Jochen umgezogen? Und wie kann er so einen Luxus finanzieren? Ich habe gehört, diese Wohnungen kosten über 1 Million Euro«, wundert sich Carolin.

»Als Investmentbanker ist sowas doch kein Problem, auch wenn die besten Zeiten vorbei sind. Jochen hat schon immer gut verdient und die Altbauwohnung im Westend hat sicher auch eine Stange Geld eingebracht.«

»Er wird dieses Schmuckstück doch nicht etwa verkauft haben, oder?«

»Ich denke schon, aber wir können ihn ja fragen, vielleicht hat er es auch nur vermietet. Ich habe Jochen seit seiner letzten Einladung nur einmal zu einem Mittagessen getroffen, da war er noch auf Suche.«

Carolin nutzt die Gelegenheit, um Sebastian etwas über Jochen auszufragen, denn dieser *Freund* ist für sie, seit sie mit ihrem Seb zusammen ist, ein Buch mit sieben Siegeln.

»Seit wann kennst du Jochen eigentlich?«

»Hm, da muss ich selbst mal überlegen. Er ist kurz, bevor wir Abi gemacht haben, zu uns gestoßen. Da hatte ich aber noch nicht viel Kontakt zu ihm. Mir ist er deshalb aufgefallen, weil er sich so unmöglich gekleidet hat. Er sah schon immer aus wie ein Banker. Das Mindeste war ein Sakko und original Budapester Schuhe, die alleine schon ein Vermögen gekostet haben. Und schon damals hat er versucht, sich einen Bart wachsen zu lassen. Leider hatte er kaum Haarwuchs, was dann äußerst komisch aussah. Lauter einzelne Haare im Gesicht, von Bart konnte man da nicht reden. Ach ja, und noch was: Er fotografierte dauernd Leute und manchmal hat er einen Kassettenrecorder mit in den Unterricht genommen, um heimlich die Stunde aufzunehmen. Er war schon immer etwas *strange*.«

»Da bin ich aber froh, mir geht es auch so mit ihm. Irgendwie fürchte ich mich vor ihm, er hat etwas Intensives an sich. Wie er mich anschaut, so durchdringend, als ob er in mich hineinsehen kann. Dann ist er plötzlich wieder richtig nett und aufmerksam. Als Gastgeber macht er seine Sache wirklich gut. Aber mehr auch nicht. Ich könnte mir kaum vorstellen, mit ihm länger, als einen Abend zusammen zu sein.«

Sebastian streichelt Carolin über ihren Arm.

»Das musst du auch nicht. Wir gehen am letzten November-Wochenende einfach nur zum Abendessen zu ihm. Es sind ja noch einige andere nette Menschen eingeladen, so wie immer. Wir unterhalten uns angeregt, versuchen, nicht zu viel zu trinken und dann werden wir entspannt ein Taxi nehmen und wieder nachhause fahren.«

Carolin schaut skeptisch: »Wenn du mal Recht behältst. Ich erinnere dich an letztes Jahr, da hast du ein paar Grappa zu viel getrunken und ich durfte dich die Treppe quasi runtertragen.«

»Ich werde mich zurückhalten, versprochen, mein Schatz. Und jetzt lass uns noch etwas fernsehen. Heute Abend gibt es ‚Hart aber Fair‘ mit Plasberg. Ich denke, er hat wieder einmal ein kontroverses Diskussionsthema.«

Samuel

»Nächstes Mal solltest du mehr üben, sonst kommen wir nicht weiter. Seit drei Wochen beschäftigen wir uns nun schon mit diesem Stück.«

Mürrisch packt Kai seine Gitarre in die Hülle und schaut seinen Musiklehrer an. Seine einzige Reaktion ist ein Achselzucken. Samuel tut er eigentlich leid. Die jungen Leute haben kaum noch freie Zeit, alles ist vollgepackt mit Terminen. Und zwischendrin sind sie ständig online und in *Social-Media-Portalen* aktiv. Wer hat da noch Lust, Gitarre zu üben.

Trotzdem legt er die Hand auf Kais Schulter und ermuntert den dreizehnjährigen Jungen: »Du schaffst das schon. Jeden Tag zwanzig Minuten und dann klappt es nächste Woche.«

In Wirklichkeit glaubt er nicht daran, dass Kai große Fortschritte machen wird. Er hat einfach kein Talent. Aber seine Eltern wollen ihn unbedingt vom Gitarrenspielen überzeugen. Wahrscheinlich, weil der Papa *U2*- Fan ist und die Mama auf *Lenny Kravitz* steht. Als hauptberuflicher Gitarrenlehrer muss man nehmen, was kommt. Insbesondere in Bad Homburg. Das ist ein teures Pflaster. Einerseits gut, denn sein Stundenhonorar ist beachtlich, andererseits schlecht, denn die Mieten sind horrend. Die Millionärsdichte hier im Vordertaunus ist mit am höchsten in Deutschland. Neulich erst hatte er gelesen, dass sie nur in München-Grünwald noch höher sei. Für Samuel ist das viele Geld kein erstrebenswertes Ziel. Verantwortung zu übernehmen, eine Firma zu leiten oder Mitarbeiter zu führen, das sind alles keine Herausforderungen für den Neunundvierzigjährigen.

So wie es ist, ist es genau richtig. Morgens spät aufstehen, gemütlich frühstücken. Dann zwei Schüler und nachmittags dann wieder zwei, manchmal drei. Spätestens um 17:00 Uhr ist Feierabend. Genau wie heute, denkt er.

Samuel liegt in einer Hängematte auf seinem Balkon. Ein Joint qualmt im Mund vor sich hin. Er geht seiner Leidenschaft nach, dem *Sinnieren*. Dabei ist er ganz woanders. Losgelöst von Zeit und Raum.

Seit Klara sich von ihm getrennt hat, kann er ungestört er selbst sein. Niemand steht hinter ihm und gibt ihm Anweisungen oder macht Druck, mehr Stunden zu geben. Er hört noch ihre Stimme in seinem Ohr: *Wie kannst du nur mit diesem lächerlichen Einkommen zufrieden sein? Du hättest so viel aus dir machen können.*

Im Grunde hatte sie Recht. Aber seine Leidenschaft war nun mal Musik und dafür hatte er sich entschieden. Und nicht für eine Karriere in einer Bank, auch wenn seine Eltern das wollten. Die Banklehre bei der Commerzbank hatte er nach dem Abi noch geradeso durchgehalten. Doch als er danach auch noch studieren sollte, da war es aus. Immer weiterbüffeln, das war nichts für ihn.

Also hat er seinen Rucksack gepackt und ist erst einmal nach Ibiza. Für ein Jahr. Daraus wurden dann fünf. Das war eine geile Zeit, Anfang der Neunziger. Jede Nacht Party, Leute aus der ganzen Welt, ein geniales Feeling. Viel Geld hatte er nicht gebraucht. Für den Abend fand er ein Engagement in einem Restaurant am Strand, spielte Gitarre und danach ging es ab. Meistens war er erst mittags aufgestanden oder schlief später noch eine Runde am Strand.

Leider geht das alles hier in Bad Homburg nicht mehr. Aber seine Hängematte, die hatte er damals schon besetzt.

Nach einem tiefen Zug erinnert er sich an den Brief, der heute Morgen in der Post war. Ihm schreibt selten jemand, außer die Stadt, das Finanzamt oder früher der Anwalt von Klara.

Nur einer, der schreibt ihm einmal im Jahr und das ist Jochen. So unterschiedlich sie sind, sie haben sich immer gut verstanden, auch ohne viele Worte. Früher – in den Pausen – sind sie zusammengestanden und haben geraucht. Ab und zu gab es eine Bemerkung zu einem Mädchen, das vorbeiging oder über Roller oder Motorräder, die vorbeifuhren. Jochen nannte das *kontemplieren*.

Jochen ist sehr intelligent, das hatte Samuel immer beeindruckt. Er büffelte genauso wenig für die Schule wie er, nur dass sein Notendurchschnitt doppelt so gut wie seiner war. Ihm war alles zugeflogen. Aber angegeben hatte er mit seinen Ergebnissen nie. Eine gute Eigenschaft von ihm, wie Samuel findet.

Samuel hat mittlerweile den Brief von Jochen geöffnet und ist geschockt. Er fällt fast aus seiner Hängematte, als er liest

... lasst euch überraschen ... in meinem Penthouse im 12. Stock über dem Europaviertel.

Er sagt laut zu sich:

Was ist denn in den gefahren? Tauscht seine gemütliche Westend-Altbauwohnung gegen ein anonymes Spießer-Vorzeige-Luxus-Appartement! Das Geld ist ihm wohl zu Kopf gestiegen. Eindeutig. Jetzt brauche ich erst

einmal ein Bier!

Nachdem Samuel einen großen Schluck getrunken hat, ist er fast dazu geneigt, abzusagen. Die Europaallee, nie hätte er gedacht, auch nur einen Fuß auf diese Repräsentiermeile zu setzen. Und jetzt sollte er einen ganzen Abend dort verbringen? Doch seiner Freundschaft zu Jochen und der alten Zeiten wegen, entscheidet er sich, doch hinzugehen. Er gehört ja quasi zum Inventar. Und das seit mittlerweile zwanzig Jahren. *Wow – schon zwanzig Jahre her, dass sie sich das erste Mal bei Jochen zum Dinner getroffen hatten?* Die ganze Clique, sogar Beate. Auf die freut er sich ganz besonders. *Vielleicht geht da noch was, nach all den Jahren?*

Mist, er sollte nicht so viele Joints rauchen.

Was die Gitarre für Samuel ist, das war der Kassettenrecorder für Jochen. Er hatte ihn in der Schulzeit immer und überall dabei.

Samuel erinnerte sich noch genau an die Marke, einen Philips. Der mit dem großen Knopf in der Mitte für *Play*, *Forward* und *Rewind*.

Ein kleines Ding, man konnte es überall unbemerkt mitnehmen. In den Chemieunterricht, ins Schwimmbad oder zu den Feten. Der Clou war aber, das extra Mikrophon mit einem superlangen Kabel, welches Jochen seinerzeit bei *Arlt*, dem Laden für Kult-Elektronik in der Mainzer Landstraße in Frankfurt, gekauft hatte.

Oft saßen die beiden Jungs nachts im Park und hatten das Mikro an einem Baum befestigt. Das überdimensional lange Kabel ermöglichte es, Leute zu belauschen. Das war voll abgefahren. Da Jochen äußerst penibel war, führte er über seine Aufnahmen genau Buch. Er nutzte dazu diese kleinen Vokabelheftchen. Die waren dafür perfekt geeignet. Zu Hause, in seinem *Billy* Regal von Ikea, hatte er schon zwei Bretter voll mit einer Sammlung davon. Darunter die Kassetten, allesamt chronologisch sortiert. Natürlich waren das Chromdioxid-Kassettenbänder. *Die haben einen besseren Klang und weniger Rauschen*, wie Jochen stets dozierte.

Samuel war der Einzige, der ab und zu die Ehre hatte, Aufnahmen zu hören. Sie trafen sich dazu meistens samstagnachmittags, denn da waren Jochens Eltern nicht da. Die Tür des Zimmers war trotzdem verschlossen.

Sicherheit geht vor, ein weiterer Spruch von Jochen.

Kurz vor dem Abi waren beide in Beate verliebt. An ihr stimmte alles. Keine der Streberinnen. Aber auch nicht so abgefuckt wie viele damals. Sie war ein Mädchen, an das man sich ran trauen konnte, wären doch beide nicht so feige gewesen.

Ja, die alten Stories.

Beate

»Oh, ist der süß!«

Das kleine Mädchen hält den kleinen Welpen auf ihrem Arm und streichelt ihn leidenschaftlich.

»Wenn du ihn haben willst, dann solltest du mit deiner Mami sprechen, es gibt schon einige Interessenten.«

Beate steht inmitten von Hunden und Besuchern des

Tierheimes im Süden von Frankfurt. Heute ist Tag der offenen Tür und relativ schönes Wetter. Viele Familien nutzen die Gelegenheit, sich über die Anschaffung eines Hundes zu informieren. Die meisten sind noch unsicher und völlig überwältigt von den vielen unterschiedlichen Rassen und Charakteren. Beate versucht deshalb sachlich und möglichst ohne viele Emotionen, die Herausforderung *Hund* den Interessenten näher zu bringen. Das ist wichtig, denn viele nehmen das Lebewesen mit und entdecken zu Hause, was es bedeutet, ein neues Mitglied in der Familie zu haben.

Natürlich ist sie froh, wenn sich ein neuer Halter findet. In den letzten zwanzig Jahren hat sie über tausend Hunde vermittelt. Ganz besonders stolz ist sie, wenn die schweren Fälle unterkommen. Ältere Hunde oder auch die mit Gebrechen sind teilweise über Monate, manchmal Jahre, Bewohner des Tierheimes. Einige ihrer Freunde haben sie belächelt, als sie nach dem Abi feststellte: *Diese ganzen Bürojobs sind nichts für mich. Ich werde Tierpflegerin.*

Heute belächelt *sie* die ehemaligen Freundinnen und Freunde, die völlig gestresst von der Arbeit kommen und in den wenigen Urlaubstagen, die sie haben, alles das nachzuholen versuchen, wozu sie sonst das ganze Jahr über nicht kommen. *Burnout* ist ein Fremdwort für Beate. Sie arbeitet zwar meistens zehn Stunden am Tag, aber abends fällt sie glücklich und zufrieden in ihren Lieblingssessel und freut sich auf den nächsten Tag, der für sie kein Arbeitstag ist, sondern ein weiterer erfüllter Tag.

Nur in einem Aspekt ist Beate nicht mit ihrem Leben

zufrieden – sie findet einfach nicht den richtigen Partner. Dabei hat sie schon so viel probiert. Sie war auf Single-Treffs in Frankfurt. Hat sich bei *Tinder* angemeldet.

Leider endeten ihre Treffen mit potenziellen Lovern meistens recht frustrierend. *Ist sie so schwierig,* fragt sie sich manchmal. *Oder sind ihre Ansprüche zu hoch?*

Sie weiß eben, was sie will und sucht. Auf oberflächliches *Gelabere* hat sie keinen Bock. Und Angeber kann sie nicht leiden. Weicheier auch nicht. Irgendwie sucht sie etwas *Normales*. Aber männlich sollte er sein, am besten groß und mit Bart.

In ihrer Schulzeit gab es mal einen Mann, der hatte ihr damals wirklich gut gefallen: Samuel. Ein überaus hübscher Kerl. In seinen Augen konnte sie versinken; und er spielte Gitarre wie ein Gott. Leider hatte er nichts anderes im Sinn als Joints zu rauchen und mit seinem Kumpel Jochen abzuhängen. Apropos Jochen. *Wo hat sie nur die Einladung hingelegt?*

Beate sitzt auf ihrem Sessel. Daneben steht ein runder Tisch. Er ist kaum zu sehen, denn es türmen sich unendlich viele Dinge darauf. Alles, was sie so benötigt, wenn sie abends entspannt ein oder mehrere Gläser Rotwein trinkt: Romane mit Liebesgeschichten, Rechnungen, die sie noch bezahlen muss, Haarspangen, um ihre widerborstigen Haare zu bändigen. Die Post der letzten Tage und – ganz wichtig – ihr iPad mit den E-Book-Liebesromanzen.

Ach ja, die Einladung liegt noch auf der Kommode im Flur, erinnert sie sich.

Widerwillig erhebt sie sich und geht barfuß durch das vollgestellte Wohnzimmer in den kleinen Flur. Dort stapelt sich die Post, hauptsächlich Werbung. Im zweiten Haufen entdeckt sie den eierschalenfarbenen Umschlag.

Na, der könnte sich auch mal was Neues einfallen lassen. Und duften tut er auch wieder, nach diesem unsäglich schweren Parfum. Aber egal, ich bin neugierig, was der Streber sich dieses Mal hat einfallen lassen.

Mit ihren Fingern öffnet Beate umständlich den Umschlag und faltet das dicke Papier auseinander. Im Gehen wäre sie fast über ihren Kleiderhaufen gestolpert, der mitten im Zimmer liegt.

Penthouse? Europaviertel? Überraschung? Alle eingeladen? Was soll das denn? Jetzt übertreibt er aber, der Jochen. Muss das denn sein?

Im Schneidersitz nimmt sie auf ihrem Sessel Platz und starrt die Einladung einige Minuten an.

Was meint er mit der Aussage, *alle* eingeladen? Woher weiß er überhaupt, wer alle sind? Wenn sie nun absagt, dann kommen schon mal nicht alle. Wer hat denn in den vergangenen zwanzig Jahren gefehlt?

Sie selbst hat niemanden vermisst. *Oder vielleicht doch?*

Im Abi-Jahrgang von 1988 gab es jede Menge anderer Tussis und Typen, die infrage kamen.

Aber wer hatte sonst noch Kontakt zu Jochen?

So sehr sie auch überlegt, ihr fällt niemand spontan ein. Jochen war eben sehr wählerisch, was sein Umgang anging. Warum sie dazu gehörte, hat sie auch erst Jahre später erfahren. Nicht direkt von ihm, sondern von Kirsten.

Nee echt, wusstest du das nicht? Der war doch unsterblich in dich verliebt!, flüsterte Holgers Frau ihr bei einem der Jochen-Dinner ins Ohr.

Beate war völlig perplex. Das hätte sie nie und nimmer vermutet. Er wirkte immer so distanziert. Seine steife Körperhaltung. Die komischen Bemerkungen, wenn er ausnahmsweise einmal mit ihr sprach. Sie vermutete eher eine Antipathie ihr gegenüber.

So kann man sich täuschen, sagte Kirsten damals. *Willst du ihn nicht mal darauf ansprechen?*

Du spinnst wohl, was soll ich denn mit Jochen, der ist doch von Beruf Single, hatte Beate voller Überzeugung geantwortet.

Danach war das Thema erst einmal passe. Weder Kirsten noch Beate kamen später noch einmal darauf zu sprechen.

Ganz im Gegensatz zu Samuel Gleichmann. Er war seit der Trennung von seiner Frau das Gesprächsthema zwischen Beate und Kirsten. Sie machten sich echte Sorgen um ihn. Er wurde immer dünner und beide vermuteten, dass er drogenabhängig war. Deshalb vereinbarten sie schon beim letzten Dinner, dass sie das nächste Mal mit ihm darüber reden werden. Sie würden ihn einfach zwischen sich nehmen und ihn nicht mehr entkommen lassen.

Es gab also mehr als einen Grund, die Einladung von Jochen *auf jeden Fall* wahrzunehmen: alleine schon wegen Samuel.

Nach einem tiefen Schluck Rotwein nimmt Beate ihr iPad

und schreibt eine E-Mail an Jochen, mit der sie zusagt.

Ich bin wie immer dabei.

Die Einladung legt sie zu den anderen Briefen auf den großen Stapel neben sich.

Kirsten

Ganz ruhig bleiben, nicht aufregen.

Kirsten ist den Ansturm schon gewohnt. Alle Mütter kommen auf einmal und wollen ihre Kleinen abholen. Und selbstverständlich müssen auch sofort alle Fragen beantwortet werden: Hat Max auch seinen laktosefreien Brei gegessen? ... Haben Sie auf Tina geachtet, sie soll sich nicht überanstrengen ... Der Elias hat im Gesicht einen blauen Fleck, was ist denn da passiert? ... Meine Lisa ist immer so erschöpft, wenn sie nach dem Kindergarten nachhause kommt, Sie überfordern sie bestimmt!

Ginge es nur um die Kinder, dann wäre ihr Beruf wundervoll. Aber diese Mütter! Und es wird immer schlimmer: Vegane Ernährung, Allergien ohne Ende, und seit Babys im Kindergarten aufgenommen werden, sind die lieben Erzieherinnen für noch mehr zuständig:

Was, der Tobi braucht immer noch die Windeln, wir hatten doch vereinbart, dass er spätestens nach einem halben Jahr aufs Töpfchen geht!

Sie kann es ja verstehen, die Frauen stehen unter enormen Druck, möglichst bald wieder in den Job zurückzukommen. Aber manchmal ist Kirsten froh, wenn die Papas die Kleinen mal bringen oder abholen, dann ist alles irgendwie relaxed. Es herrscht kein Wettbewerb untereinander. Wehe aber, wenn die Mütter sich mit einem freundlichen Lächeln am nächsten Tag austauschen:

Die Trixi konnte schon extrem früh sprechen ... Morgen kaufen wir ein Fahrrad für den Ralfi, er ist so geschickt mit seinem Laufrad. Bestimmt dauert es nur eine Woche, und er fährt schon ohne Stützräder!

Über eines kann sich Kirsten jedoch nicht beschweren: dass ihr langweilig wird. In jeder Jahreszeit wird mit Begeisterung gebastelt. Ob Osternest, Erntedank-Bilder, Laternen-Umzug oder Sternen-Falten, immer gibt es kreative Herausforderungen. Und seit sie ein integrativer Kindergarten sind, haben sie in jeder Gruppe mindestens ein Kind mit einer Behinderung. Eine wundervolle Aufgabe, aber sehr zeitintensiv. Kein Wunder also, wenn das eine oder andere Kind mal nicht von vorne bis hinten zu jedem Zeitpunkt umsorgt wird.

Nachdem jetzt fast alle abgeholt wurden, gönnt sie sich ihren ersten Kaffee, seit am Morgen um sieben.

Die Sonne kommt gerade hinter den Wolken hervor und die kleine Bank hinter dem Kindergarten lädt zu einer Pause ein. Während Kirsten an dem heißen Getränk nippt, holt sie ihr Smartphone hervor. Neben dem *WhatsApp*-Logo ist die kleine Zahl 3 zu sehen.

Drei Nachrichten! Gespannt tippt sie auf den Bildschirm und erkennt in der Übersicht, dass ihr Mann Holger, zwei *Messages* gesendet hat. Die Dritte kommt von Beate.

Neugierig öffnet sie zuerst die Nachricht von ihrer lieben Freundin.

Hallo Kirsten, stell' dir vor, der Jochen wohnt nicht mehr im Westend! Ich habe gestern die Einladung zu seinem Dinner erhalten. Wir sollen in sein neues Penthouse im Europaviertel kommen. Und er deutet eine Überraschung an, es würden dieses Mal alle kommen! Wen meint er damit? Unsere kleine Clique war die ganzen Jahre vollzählig. Oder habe ich jemanden vergessen? Was meinst du? Wir wollten doch mit Samuel sprechen, du erinnerst dich bestimmt. Lass uns doch die Tage mal telefonieren. Gruß, Beate.

Das scheint Beate ganz schön zu beschäftigen, sonst würde sie sich nicht damit an sie wenden. Wer könnte denn fehlen? Bevor sie darüber nachdenken kann, öffnet Kirsten bereits eine der Nachrichten von Holger. Ungewöhnlich, eine *WhatsApp* von ihm mitten am Tag zu erhalten. Normalerweise ist er als Parteivorsitzender der Grünen im Stadtparlament zu sehr mit Sitzungen beschäftigt, um ihr zu schreiben.

Hallo Maus, ich habe heute durch Zufall den Leiter der Polizeidienststelle Bad Homburg getroffen. Der hat mich gefragt, ob ich Jochen Lauscher kenne? Klar, habe ich geantwortet, ein ehemaliger Schulkamerad. Meine Neugier war geweckt. Nach einigem Bohren hat er mir verraten, dass Jochen vor einigen Wochen bei ihnen auf dem Revier war. Mehr durfte er mir nicht sagen. Was sagst du dazu? Er wird hoffentlich nicht die alte Geschichte wieder ausgraben? Ich muss wieder in die Sitzung. Bussi.

Was geht denn jetzt ab? Zwei Nachrichten unabhängig voneinander zu Jochen! Sie kannte ihren ehemaligen Schulkameraden nun schon, seit sie siebzehn war, und die letzten zwanzig Jahre hatte sie ihn regelmäßig aus Anlass seiner Einladungen getroffen. Ab und zu hatten sie ihn zu sich nachhause eingeladen. Aber Jochen war, wenn er nicht in seinen eigenen vier Wänden sein konnte, ein anderer Mensch. Still, zurückhaltend, fast schon distanziert. Deshalb nahmen Holger und sie in den letzten Jahren davon Abstand, ihn zu ihren Geburtstagen einzuladen.

Auf die traditionellen Abendessen wollten beide aber nicht verzichten. Das Menü war immer erlesen und auch die anderen Schulfreunde zu treffen, war unterhaltsam und ab und zu auch spannend.

Nach einem weiteren Schluck Kaffee öffnet Kirsten Holgers zweite Nachricht:

Hallo Liebes, bitte behalte diese Information für dich!

Das ist typisch Holger. Kein Vertrauen! Wie oft hatten sie sich deswegen schon in die Haare gekriegt.

Ich bin nicht eine von der anderen Partei! Ich bin deine Frau. Wir sind ein Paar und was wir besprechen, das geht nur uns was an, waren ihre Argumente.

Doch die vielen schlechten politischen Erfahrungen haben Holgers Vertrauen in die Menschen wohl so stark erschüttert, dass er hinter jedem Baum einen Feind sieht und jede Aussage auf die Waagschale legt, weil sie von der Presse oder von anderen missinterpretiert werden könnte.

Am besten ich rede heute Abend mit ihm darüber und bestimmt ist Jochens Einladung auch bei uns im Briefkasten. Danach rufe ich dann Beate an.

Mit neuem Elan geht Kirsten in die Küche und überlegt dabei schon, was sie mit der Nachmittagsgruppe unternehmen wird.

Jochen

Hatte er alle Einladungen verschickt?

Jochen sitzt an seinem antiken Schreibtisch, der bewusst einen optischen Kontrapunkt zu dem ansonsten modern eingerichteten Penthouse darstellt.

Er geht noch einmal die ausgedruckte Excel-Liste durch und überprüft, ob er auch an alle – als Allererstes natürlich an Samuel Gleichmann – gedacht hat. Damals war er sein bester Freund. Sie hatten sich immer viel zu erzählen und auch Vieles geteilt. Beinahe sogar die Freundin, aber dazu ist es nie gekommen. Beide waren sie zu feige, Beate anzusprechen. Es blieb beim gemeinsamen Bewundern. Wobei er sich in den letzten Jahren oft fragte, ob Samuel damals wirklich ehrlich zu ihm war. Die Blicke, die Beate noch heute für Samuel hat, sind anders als die, die sie für ihn hatte. Samuel war immer der Attraktivere von beiden, das ist klar. Seine eigene unzuverlässige Art dagegen, machte aber so manche seiner möglichen Frauenbeziehungen kaputt.

Da war Samuel doch ganz anders. Immer pünktlich, immer zuverlässig. Nur mit dem Reden und dem Rumalbern hatte es Jochen überhaupt nicht. Er war schon immer der sachliche, ja vielleicht sogar distanzierte Typ und er brauchte – insbesondere, wenn neue Leute dabei waren – lange, um aufzutauen. Trotz oder vielleicht gerade auch wegen der Unterschiede zwischen ihm und Samuel, funktionierte ihre Freundschaft über die vielen Jahre gut. Sie telefonierten einmal im Monat und, wenn sie Lust hatten, dann trafen sie sich in ihrer alten Stammkneipe im Nordend auf ein Bier oder oft dann mehrere Biere. Wenn sie dann so vor sich hin fabulierten, konnte es schon mal vorkommen, dass beide sich in ein Thema festbissen. Insbesondere Politik war immer ein gefährliches Terrain. Samuel war, das konnte man schon sagen, ein Linker.

Wahrscheinlich kam das aus seiner Zeit auf Ibiza. Dort hatte er viele Alt-Achtundsechziger kennengelernt und deren Weltanschauung übernommen. Für Jochen, der aus einer Bankerfamilie stammte, ist das, was Ende der Sechziger bis Ende der Achtziger in Frankfurt und auch ganz Deutschland passierte, zu Hause immer ein Reizthema gewesen. Den Begriff RAF, *Rote-Armee-Fraktion*, durfte er gegenüber seinem Vater noch nicht einmal aussprechen. Selbstverständlich waren die Taten und ihre Analysen damals in der Gesellschaftskunde an der Schule immer ein heißes

Thema. Jochen verfolgte seinerzeit alles intensiv in der *Frankfurter Allgemeinen Zeitung* und natürlich im Fernsehen.

Auch nach dem Attentat im November 1989, ließ ihn das Thema und die Meldungen, die weiterhin in den Medien kamen, nicht mehr los.

Er macht einen Haken hinter Margot Besier. Die feine Dame in ihrer Runde. Wobei, wenn er sich an früher erinnert, war sie noch nicht so elegant und manchmal auch mehr ein kleines Biest gewesen. Sie war eher, wie er es nannte, der *Geradeheraus-Typ*. Recht ungewöhnlich für ein Mädchen, insbesondere ein so schmächtiges.

Sie sagte, was sie über einen dachte und eckte deswegen immer mal wieder an. Typisch für sie war ihre Sitzhaltung im Unterricht. Kerzengerade. Als ob sie einen Stock im Rücken hatte. Ihre Bewegungen waren kontrolliert und ihr Blick konnte eiskalt sein. Kam es zu einer Ungerechtigkeit, dann konnte man selbst – und auch die Lehrer – was erleben. Mit knallrotem Kopf hielt sie dann eine Rede für die aus ihrer Sicht geschädigte Person und fand immer Argumente dafür, warum sie im Recht war. Ihr Verhalten konnte teilweise eine ganze Schulstunde sprengen und nicht nur deshalb behandelten sie viele mit Samthandschuhen.

Einen Freund hatte sie bis zum Abi nicht, soweit sich Jochen erinnerte. Erst danach verliebte sie sich Hals-über-Kopf. Was in der Folge fatale Konsequenzen hatte. Vielleicht genau deshalb redet sie heute nicht über ihre Episoden mit Männern. Aber Jochen ist sich sicher, dass sie welche hat.

Eine Zeile tiefer in seiner Liste stehen die Namen von Sebastian Lucke und seiner Frau Carolin, die sie auch Caro nennen. Seit Sebastian mit dieser Anwältin zusammen ist und sie in Oberursel wohnen, hält er sich für etwas Besseres. Dabei war er von seinem Habitus weiterhin ein Autoverkäufer und würde es auch immer bleiben.

Er konnte sehr unterhaltsam sein, neigte aber zum Schwafeln. Immer hatte er eine Story von irgendjemand zu erzählen, den keiner kannte, dem aber etwas Unmögliches zugestoßen war. Diese Geschichte gab er dann den ganzen Abend zum Besten und jeder musste sie hören. Was wohl Carolin an ihm fand? Er sieht heute noch sportlich aus und ist wahrscheinlich ein potenter Liebhaber. Das war er auf jeden Fall damals zu ihrer gemeinsamen Schulzeit. Er hatte im Gegensatz zu Jochen, jedes Mädchen rumgekriegt. Seine blauen Augen und sein lockeres Mundwerk waren gut für den Erstkontakt. Und spätestens beim Bluestanzen schlug er dann zu. Sebastians Draufgängertum passte Jochen nicht. Überhaupt nicht.

Ein weiteres Ehepaar steht als nächstes auf der Liste. Kirsten und Holger Kost aus Bergen-Enkheim. Schon damals *das* Traumpaar. Samuel und er bekamen meistens Stielaugen, wenn sie die beiden Verliebten in den Pausen in einer Ecke der Aula rumknutschen sahen. Wenn man sich das mal aus heutiger Sicht überlegt, dann war das am helllichten Tag schon harter Tobak.

Nicht nur die beiden nutzten jede Gelegenheit, um in der

großen Pause zu fummeln – es gab noch zig andere, die *Live-Petting* betrieben. Kein Wunder also, wenn die Jungs, die kein Girl hatten, angetörnt in die nächste Schulstunde kamen und sich nur schwer auf den Unterricht konzentrieren konnten. So viel Testosteron bleibt nicht ohne Wirkung!

Heute sind die beiden, wie man so schön sagt, wohl etabliert in der Frankfurter Gesellschaft. Holger, der Vorsitzende der Grünen im Stadtparlament, ist so etwas wie das gute Gewissen von Frankfurt und setzt sich insbesondere für eine bessere Verkehrsinfrastruktur mit weniger Autos und mehr Radwegen ein.

Manchmal geht der *Gutmensch* Holger Jochen ganz schön auf den Geist. Aber damit passt er perfekt zu seiner Kirsten, der Kindergartenleiterin und Mutter von zwei bildhübschen Mädchen. Wenn es einen bundesweiten Wettbewerb ‚*Die Vorbildfamilie*' geben würde, dann hätten die Kosts gute Chancen, diesen zu gewinnen.

Gernot Gross ... Jochen erinnert sich noch gut an sein letztes Dinner, als der Draufgänger mit Heidi rumgemacht hatte. Reine Notgeilheit von beiden! Heidi war zu gut für diese Welt und Gernot war wie meistens, betrunken. Er ist bester Kunde in seinem kleinen Weinladen im Nordend. *Eigentlich passen die perfekt zusammen,* resümiert Jochen. Wäre da nicht Gernots unendliche Trägheit und Heidis übertriebene Fürsorge. Aber, was nicht ist, das kann ja noch werden. Gernot wird auf jeden Fall gut drauf sein, denn wir trinken seinen Wein aus seinem Laden *Vive la France*.

Das hatten beide heute Morgen in einem Telefonat

besprochen. Gernot war natürlich begeistert und sie haben sich für nächste Woche zur Vorab-Verköstigung verabredet. Das erinnert Jochen an November 1989, als sie gemeinsam einen erlesenen Wein von Gernots Vater getrunken hatten. Was auch der Beginn Gernots Liebe für Rotwein gewesen war.

Beate, was ist aus dir geworden?, fragt sich Jochen, als er ihren Namen auf seiner Liste abhakt. Eine Hundemama! Dabei warst du mal die Schönheit des ganzen Jahrgangs. Und leider hast du so wenig aus dir gemacht. Beate heute, mit ihren ungepflegten, strähnigen Haaren und Kleidern wie aus dem Secondhand-Shop.

Hätte ich mich damals nur getraut, dann wärst du bestimmt eine andere geworden, ärgert sich Jochen über sich selbst.

Sollte er es nach so vielen Jahren noch einmal probieren? Oder war der Zug längst abgefahren? So ein Quatsch, denkt er. *Wir passen nicht zusammen. Beate würde nie in die Europaallee ziehen. Sie ist mit ihrem Kaff Berkersheim liiert.*

Unsere Heidi. Schon immer etwas scheu, aber sie hat es faustdick hinter den Ohren. Wer üppige Formen mag, ist genau richtig bei ihr. Jochen mochte diese Frau schon immer und hat sie deshalb auch selbstverständlich eingeladen. Sie war schon immer die gute Seele in ihrem Freundeskreis und hat viel dazu beigetragen, dass man sich über die Jahre nicht aus den Augen verlor.

Ein weiterer Name steht auf Jochens Liste. Er ist der Über-raschungsgast des Abends.

Samstag, 30. November 2019

Wie immer bei seinem Dinner, ist Jochen extrem nervös. Kurz vor 17:00 Uhr hat er alles vorbereitet. Und wie immer hatte er superviel Stress. Deshalb, so hatte er entschieden, würde er sich das dieses Jahr zum letzten Mal antun. Umso mehr will er aber der perfekte Gastgeber sein.

Auf den Einkauf in der Kleinmarkthalle freute er sich ganz besonders. Er war extra schon am Donnerstag dort gewesen, um genügend Zeit in der schönen Atmosphäre zwischen all den verführerischen Lebensmitteln aus aller Welt zu haben. Da er das Menü seit Tagen zusammengestellt hatte, und die meisten Zutaten vorbestellt waren, konnte er ganz in Ruhe durch die Gänge schlendern und die unterschiedlichen Eindrücke und Düfte auf sich wirken lassen. Oft stoppte er und probierte spontan die angebotenen Leckereien.

In Franco's Austernbar *Mare Blu* gönnte er sich einen Chablis und frische Austern. Später an der Theke von *Käse Thomas* wählte er die verschiedensten Käsesorten für den Nachgang aus. Die Entenbrust kaufte er frisch bei *Geflügel Dietrich.* Die unterschiedlichen Fische besorgte er an *René Laudigeois'* Theke von *Fisch auf der Galerie,* Frankfurts bestem Fischhändler.

Zufrieden und vollbepackt mit seinen Einkäufen, gönnte er sich zum Schluss noch einen Espresso und dazu einen *Ramazotti* bei *Alasti's Valentino.*

Am Freitag kam Gernot vorbei und lieferte den Wein aus

seinem Laden, *Vive la France.* Bei der Verköstigung war er den Empfehlungen des Weinkenners gefolgt und hatte sich für zwei besondere Franzosen entschieden. Der Weißwein kam aus dem *Burgund* und der Rote von der *Côtes du Rhone.* Er war sich nicht sicher, wie viel Flaschen er abnehmen sollte. Doch Gernot meinte, 36 Flaschen, also sechs Kisten, wären genug. Jochen vermutete, dass alleine ein Karton davon für seinen Freund war. Wie auch immer, er war mit der Menge bestens auf den Abend vorbereitet.

Für die Tischdekoration hatte er sich dieses Mal etwas ganz Besonderes überlegt. Seit einem Jahr war auf Flohmärkten in der Gegend unterwegs und stöberte nach Utensilien aus den *Achtzigern.* Stolz legte er seine erworbenen Zeitzeugen auf dem großen Teppich im Wohnzimmer aus.

Die Beute war beachtlich. Sie reichte von typischen Matchbox-Modellen der Zeit, wie jenem kultigen *Opel Manta,* dem *Mercedes Strich-Acht,* bis zu dem unschlagbaren *Porsche 911* oder jenem *Renault 4.* Ganz schick fand er die Plastik-Tischsets in Lila. Dazu passend hatte er Besteck mit lila Griffen aufgetrieben. An jeden Platz wollte er Tageszeitungen des Jahres legen. Diese zu besorgen, hatte ihn ein kleines Vermögen gekostet. Alles war dabei: Die *Bild* vom 10. November 1989, dem Tag, nachdem die Mauer fiel. Eine *FAZ* vom 21. Januar des Jahres, mit der Vereidigung von George Bush Senior, dem 41. Präsidenten der USA. Eine *Süddeutsche Zeitung* vom 13. Juni mit Michael Gorbatschow und Bundeskanzler Helmut Kohl auf der Titelseite, als sie sich anlässlich des Besuchs des russischen Staats- und Parteichefs in Bonn, der damaligen Hauptstadt der Bundesrepublik Deutschland, getroffen hatten. Und einige Ausgaben der *Frankfurter Rundschau* vom 1. Dezember 1989, dem Tag nach dem Attentat auf Alfred Herrhausen.

Was nicht fehlen durfte, waren LPs dieses ereignisreichen Jahres. Jochen hatte dafür extra an die Wand über seiner *Braun-HiFi-Anlage*, Modell *Atelier*, drei Metallschienen montieren lassen. So konnte er die Hüllen perfekt präsentieren, und die Gäste sollten sich im Laufe des Abends ihre Lieblingsmusik selbst aussuchen und auf seinem *Braun* Plattenspieler auflegen. Zu den Platten der 89er-Jahre gehörten: *Red Hot Chili Peppers* mit *Mother's Milk, Soundgarden* mit *Louder than Love, Tina Turner* mit *Foreign Affair, The Rolling Stones* mit *Steel Wheel, The Offspring* mit *The Offspring, Nirvana* mit *Bleach, Madonna* mit *Like a Prayer, Lenny Kravitz* mit *Let Love Rule, Faith no More* mit *The Real Thing und natürlich Queen* mit *The Miracle.*

Er hatte schon immer eine Vorliebe für Spielfilme. Deshalb bekam jeder seiner Gäste eine DVD geschenkt. Die Auswahl war beachtlich. Auf einem Stapel lagen zur Verteilung bereit: *Der Rosenkrieg, Harry und Sally, Zurück in die Zukunft 2, Harlem Nights, Herbstmilch, Indiana Jones und der letzte Kreuzzug, Mein linker Fuß, James Bond - Lizenz zum Töten, Letzte Ausfahrt Brooklyn, Miss Daisy und ihr Chauffeur, Verbrechen und andere Kleinigkeiten, Die Teufelin, Otto – der Außerfriesische, Sex, Lügen und Video.*

Als er die Hüllen neben die Plätze der Gäste verteilt hat, steigert sich seine Aufregung und Vorfreude, denn nun durfte er die persönlichste der vielen Überraschungen vorbereiten: Akustische Zeitdokumente von ihm selbst aufgenommen und über dreißig Jahre archiviert. Dafür organisierte er extra eines dieser typischen Kassetten-Regale zum Drehen, wie man sie damals hatte. Die Aufnahmen waren fein säuberlich mit den Namen der Gäste beschriftet, damit jeder seiner Freunde in seine eigene Vergangenheit zurückreisen konnten.

Sein neues Penthouse bot jede Menge Platz. Der überdimensionale rustikale Holztisch mit Stühlen – von denen keiner wie der andere war – dominierte das weitläufige, mit abstrakten Gemälden und Skulpturen dekorierte Wohnzimmer. Und dann war da noch die Aussicht: Von hier hatte man einen fantastischen Ausblick auf die Frankfurter Skyline. Man konnte über breite Schiebetüren die Dachterrasse betreten und einmal die Wohnung, die wie ein Haus auf einem Haus war, umrunden.

Überall hatte Jochen Öllampen aufgestellt. Da es nicht regnen sollte, traute er sich sogar, die Lounge-Möbel mit Kissen zu bestücken. Die Raucher unter den Gästen würden dies sicher gerne nutzen.

Nun steht Jochen inmitten seiner Küche von *Boffi* und überlegt, was er noch vergessen haben könnte. Stimmt, er wollte eigentlich die Speisenfolge ausdrucken. Dazu hat er gerade noch genügend Zeit. Er geht zu seinem Schreibtisch, öffnet sein MacBook *Air*, ruft *Pages* auf und druckt das Menü, das in allen Details bereits vorbereitet ist und auf seine Realisierung in der Küche wartet. Natürlich benutzt er dafür sein eierschalenfarbenes Papier.

Nach dem Druck faltet er es in der Mitte und stellt die so entstandenen Menükarten auf den perfekt gedeckten Tisch im 89er-Look.

Ein letzter Blick bestätigt ihm, alles passt:

Vorspeise
Kürbis-Orangen-Ingwer-Süppchen
mit Zimtcroûtons

Zwischenspeise
Entenbrust mit Mangold-Füllung
an Kartoffelwürfeln

Hauptspeise
Filet von Edelfischen mit Mandel-Butter-Parmesan-Kruste auf Kartoffelstampf mit Fenchelgemüse

Dessert
Beschwipster Apfel
Semmelbrösel und Zitronen-Mascarpone

Weißwein
Louis Jadot Chassagne Montrachet AOC 2016

Rotwein

Saint Préfet Châteauneuf-du-Pape
Collection Charles Griaud Bio 2013

Jochen freute sich schon besonders auf die beiden Weine. Denn er hatte die Beschreibung gelesen, die mit den Flaschen kam: Der Weißwein, ein feiner Chardonnay aus dem Burgund, würde im Glas in einem hellen, glänzenden Goldgelb leuchten; das Bouquet des *Louis Jadot Chassagne Montrachet AOC* intensiv nach exotischen Früchten wie Ananas und Mango, nach Honig und nach Haselnuss duften. Im Hintergrund halte sich eine straffe hölzerne Note. Am Gaumen wirke er sehr kräftig und robust. Seine reichhaltige und vielschichtige Frucht betone die feine Mineralität und die ausdifferenzierte Säure.

Und dann noch der Rotwein: ein Cuvée des *Côtes du Rhone aus Grenache und Mourvèdre*, da würden klassische Aromen von Himbeere, Johannisbeere, Brombeere und die typischen Kirschnuancen in die Nase steigen. Eine leichte Blume von Lakritze, Pfeffer, Tabak und Heu würden den ersten Eindruck abrunden.

Er würde sich am Gaumen mitteldicht präsentieren, mit schöner süßer Frucht und reifen, fein polierten Gerbstoffen, die sich erst zum Schluss entfalten. Ein kräftig gebauter, reifer und gut geschichteter Wein mit nahtlos, elegantem Stil.

Jochen spürte schon, wie ihm das Wasser im Munde zusammenlief.

Zur Feier des Tages hat er sich, wie damals, eine Jeans, ein weißes, viel zu weites Hemd, ein dunkelblaues Sakko mit goldenen Metallknöpfen und ein Paar *Budapester* in dunkelbraun angezogen.

Nur seinen spärlichen Bart hat er schon seit mehreren Jahren gegen eine Glattrasur ausgetauscht.

Im Look der Achtziger steht er pünktlich um 18:00 Uhr auf seiner Terrasse und erwartet die ersten Gäste. Im Hintergrund läuft eine Platte von *Jean-Michel Jarre*.

Es gongt.

Jochen geht an seine Sicherheitsanlage mit Video-Überwachung. Unten steht Gernot und grinst in die Kamera.

»Jetzt mach schon auf. Ich bin's, Gernot.«

Jochen bedient den Türöffner. Es dauert einige Minuten, bis der füllige Freund es nach oben geschafft hat. *Hoffentlich hat er den Aufzug gefunden?*, fragt sich Jochen, denn es dauert wirklich eine Ewigkeit. Schnaubend und schnaufend kommt Gernot schließlich oben an.

»Hast du den Aufzug nicht gefunden?«, fragt Jochen.

»Doch, aber wie du siehst, habe ich zur Feier des Tages auch noch ein paar Flaschen Champagner dabei. Kann ich sie irgendwo kaltstellen?«

Während er das sagt, hat er Jochen schon in die Wohnung gedrängt und läuft geradewegs auf die offene Küche zu. Er stellt die Kiste auf die lange Arbeitsplatte.

»Wow, das ist ja mal eine Bude. Sieht aus wie in *Wallstreet. Die Macht des Geldes,* mit Michael Douglas. Hast du auch Hosenträger an?«

»Da schau.«

Jochen öffnet seinen blauen Blazer.

»Du enttäuschst mich. Das wäre doch das Mindeste!«

»Meinst du?«

»Na, klar. Hast du welche?«

»Ich muss mal nachsehen, denke schon.«

»Dann mal los. Wenn du hier schon einen auf achtziger machst, dann gehören Hosenträger auf jeden Fall dazu. Und Zigarren!«

»Du bist ganz schön anspruchsvoll.«

»Wusstest du das nicht? Wenn es um die großen Genüsse im Leben geht – Frauen, Wein, Zigarren – dann bin ich Experte.«

Gernot ist in seinem Element.

»Warte hier, ich gehe ins Schlafzimmer und ziehe Hosenträger an. Du kannst mal in den *Humidor* schauen, ob noch genug Zigarren da sind. Aber ich denke, außer dir und mir, wird sowieso keiner eine rauchen.«

»Wart' mal ab. Der Samuel wird bestimmt nicht Nein sagen, wenn du ihm eine *Cohiba* anbietest.«

»Falls ich noch eine habe.«

»Jetzt mach' hin. Deine Gäste treffen gleich ein. Soll ich in der Zwischenzeit den Champagner in den Kühlschrank räumen und eine Flasche öffnen?«

Jochen ist froh etwas Unterstützung zu bekommen. »Ja, gerne. Die Gläser findest du in der alten Vitrine. Die kennst du noch aus der Westend-Wohnung.«

»Die schöne Wohnung. Wie konntest du diese nur aufgeben.«

»Habe ich doch nicht. Ist vermietet.«

»Gott sei Dank!«

Jochen findet ganz hinten in seiner Gürtelschublade recht ordentliche Hosenträger. Gernot hat Recht, das sieht gleich viel stilvoller aus. Jetzt noch etwas Gel ins Haar und der *Gordon-Gekko-Look* ist perfekt.

Frisch herausgeputzt kommt er zurück in den Wohnbereich: »Und, wie sehe ich aus?«

»*Mr. Gekko*, you make the difference. May I give you all my money«, übertreibt Gernot mit einem Glas Champagner in der Hand.

»Übrigens, du hast genügend Zigarren. Sind vielleicht etwas trocken. Geht aber noch.«

Der Gong ertönt ein zweites Mal an diesem Abend.

»Darf ich aufmachen?«, fragt Gernot.

»Ich will auch mal das Gefühl haben, ein Penthouse-Besitzer zu sein.«

»Klar doch, neben der Tür ist die Gegensprechanlage. Lass aber keine Gangster rein. *Gordon Gekko* würde dir das nicht verzeihen.«

»Ja, Boss.«

»Wer ist da. Haben Sie eine Einladung? Können Sie sich ausweisen?«

Gernot spielt anscheinend den Türsteher.

»Wir kommen in Frieden. Alt-Hippie mit zwei Bräuten bittet um Einlass.«

Samuel geht gleich auf Gernots Masche ein.

»Zeigt euch mal. Ich will sehen, ob die Bräute auch

aufgebrezelt sind.«

Nacheinander präsentieren sich Beate und Heidi vor der Kamera.

»Zufrieden?«, fragt Samuel.

»Könnte wilder sein. Aber okay. Kommt hoch. Der Hausherr erwartet euch.«

Gernot bedient den Öffner.

»Die hast du ja gleich eingestimmt.«

»Dann musst du das nicht machen, außerdem sind sie es nicht anders von mir gewohnt.«

Als erste Frau betritt Beate das Penthouse. Sie trägt ein Charleston-Kleid aus den Zwanzigern. Es steht ihr ausgezeichnet. Gefolgt von Heidi, die, wie sollte es anders sein, eine ihrer Kreationen auf dem Kopf trägt. Ein mützenähnliches Etwas, das Ähnlichkeit mit einer Bratpfanne hat. Unter ihrer Daunenjacke blitzen die Pailletten eines weiten schwarzen Kleides hervor. Als Letzter kommt Samuel in die heiligen Hallen. Er trägt ein weißes langes Shirt und weite weiße Leinenhosen. Dazu hat er jede Menge Ketten an und an den Füßen *Jesus-Latschen*. Mit diesem Outfit hätte er bestimmt freien Eintritt in jedem Club auf Ibiza.

Jochen begrüßt die Damen mit zwei Küsschen auf die Wangen. Samuel wird herzlich umarmt.

»Champagner?«

»Dazu sage ich nicht nein«, freut sich Beate. Auch Heidi nimmt sich ein Glas.

»Für mich lieber ein Bier. Ihr kennt mich doch. Dieses französische Getränk gehört nicht zu meinen

Leidenschaften«, gesteht Samuel und bleibt sich treu.

Beate und Heidi gehen gleich in Richtung Esstisch und begutachten die Dekoration.

»Wie immer, sehr kreativ, Herr Lauscher. Wollen sie uns in die Achtziger entführen?«, bemerkt Beate schnell.

»Lasst euch überraschen, aber du liegst nicht falsch mit deiner Vermutung, Beate.«

Gernot ist etwas auf Distanz gegangen und fummelt an einer zweiten Flasche *Veuve Cliquot brut* herum. Doch Heidi kennt ihren Ex-Liebhaber und nutzt die Gelegenheit, ihn für sich alleine zu haben und geht forsch auf ihn zu. Sie spricht ihn leise und mit leicht rauer Stimme an: »Hallo Gernot, gut siehst du aus.«

Gernot wird leicht rot und bringt erst einmal keinen Ton heraus.

»Was sagst du zu Jochens Penthouse? Abgefahren, oder?«

»Etwas dick aufgetragen, aber es macht schon was her. Er hat es sehr geschmackvoll eingerichtet, wie ich finde.«

»Der Blick, einfach genial!« Während sie spricht, hat sich Heidi langsam an Gernot herangeschlichen. Jetzt steht sie direkt vor ihm und schaut ihn aufreizend an.

»Und mein Dickerchen, hast du mich vermisst?«

Unauffällig reibt sie sich an ihm. Er lässt es sich gefallen.

»Kommt darauf an. Deine guten Ratschläge nicht, aber deine eindeutigen Bewegungen schon.«

Als er das sagt, geht ein breites Grinsen über sein Gesicht.

»Geht mir genauso. Vielleicht können wir uns in Zukunft auf die Bewegungen konzentrieren?«

Heidi ist sofort im Angriffsmodus.

»Schauen wir mal«, antwortet Gernot zurückhaltend. »Lass uns erst einmal den Abend genießen, einverstanden?«

»Klar doch.«

»Dann stoßen wir darauf an.«

Sie lassen ihre Champagner-Gläser klingen. Ihre Augen finden sich und lassen tief blicken.

Am anderen Ende der Penthouse-Wohnung zeigt Jochen Beate gerade sein mit einem Kingsize-Bett ausgestattetes Schlafzimmer.

»Ich habe das Bett genau ausgerichtet, damit ich auf das Commerzbankhochhaus schauen kann. So habe ich meine Wirkungsstätte schon beim Aufwachen im Blick«, gibt Jochen zum Besten.

Beate findet dieses Gehabe nicht so prickelnd. Leicht genervt gibt sie zurück:

»Schon schade, dass du nur mit deinem Beruf verheiratet bist. Ich bevorzuge da eher einen freien Blick auf Wiesen und Felder. Den habe ich für wenig Geld in Berkersheim.«

Jochen merkt, er hat etwas zu dick aufgetragen. Besonders bei der eher alternativ eingestellten Beate. Deshalb rudert er zurück.

»Glaub' mir, es gibt noch einige weitere Dinge und Themen, die mich interessieren. Du wirst es heute Abend sehen, lass dich überraschen.«

Auch Beate ist um Harmonie bemüht und will nicht gleich am Anfang des Dinners Jochens Stimmung verderben.

»Dann lass uns mal zu den anderen gehen, die vermissen

bestimmt ihren Gastgeber.«

Dem war zwar nicht so, denn Heidi und Gernot turteln immer noch in der Küche und Samuel steht auf der Terrasse und raucht einen Joint.

Jochen gesellt sich zu ihm.

»Ist schon etwas anderes hier als in Bad Homburg«, versucht er das Gespräch in Gang zu bringen.

»Anders, das stimmt. Aber nicht besser. Du kennst meine Einstellung zur Europaallee?«, formuliert er spitz.

»Ich denke mal, du findest sie dekadent«, vermutet Jochen.

»Auch. Aber am meisten stören mich die Leute, die hierherziehen und kein Interesse an einer intakten Stadtteil-Gemeinschaft haben. Schlimmer könnte es nicht sein. Aus dem benachbarten Gallus-Viertel, wo bis vor einem Jahr die Mieten noch bezahlbar waren, ist nun ein Viertel für Spekulanten geworden. Die Multi-Kulti-Kultur wird zerstört und es werden Single-Apartments mit fünfzig Quadratmetern für 350.000 Euro und mehr verkauft. Nach und nach werden die jetzigen Mieter aus ihren Wohnungen vertrieben. Und das alles nur, weil hier so eine Luxusmeile entstanden ist.«

»Du bist und bleibst ein hoffnungsloser Linker. Aber ich kann deinen Ärger teilweise verstehen. Man hätte das Ganze integrativer angehen können. Mit dem Ziel, das Neue entstehen zu lassen und das Alte zu erhalten. Dann hätten beide was davon. Die Stadt sollte ihre schützende Hand über das Gallus-Viertel legen und den Spekulanten auf die Finger klopfen«, beschwichtigt Jochen.

»Lass mal stecken, Jochen. Du lebst in deiner Welt und ich in meiner. Das muss ja nicht bedeuten, dass wir nicht zusammen Spaß haben können. Und genau den würde ich gern heute Abend haben.«

»Das ist die richtige Einstellung, Samuel. Möchtest du noch ein Bier?«

»Gerne, ich komme mit rein.«

Im Hineingehen schaut Jochen auf seine Smartwatch. 18:30 Uhr. Wo bleiben denn die anderen Gäste?

Als hätten sie es gehört, ertönt wieder der Gong. Jochen und Samuel gehen zur Tür und schauen in den kleinen Bildschirm, wer unten ist. Vier Gesichter sind zu sehen.

»Ah, die beiden Ehepaare! Kommt einfach hoch. Wir sind schon gespannt auf euch«, begrüßt Jochen Kirsten und Holger sowie Carolin und Sebastian.

Oben angekommen, gibt man sich Küsschen. Die vier haben einen großen Korb mit unterschiedlichsten Leckereien aus Hessen dabei. Holger übergibt ihn Jochen mit den Worten:

»Damit du deine Heimat hier oben in *Mainhatten* nicht vergisst. Für dich, echter *Handkäs mit Musik*, *Äppelwoi*, grüne Soße, Kartoffeln vom Bauern aus der Wetterau und original *aale Worscht*.«

Jochen ist wirklich gerührt über das Geschenk. Er liebt die hessische Küche und hat in der Tat in letzter Zeit kaum die Möglichkeit gehabt in Sachsenhausen einzukehren. Dankbar nimmt er den Korb an und stellt ihn mitten auf die Kücheninsel.

»Das ist lieb von euch. Fühlt euch wie zu Hause, auch wenn ihr, ähnlich wie Samuel, dieses Penthouse für dekadent haltet.«

Diese Spitze konnte er einfach nicht unterdrücken. Zur Versöhnung kommt Samuel mit einem Tablett mit vier Gläsern Champagner und bietet diesen den Neuankömmlingen an.

»Ein Alt-Linker, der Champagner kredenzt. Das ist doch mal voll daneben. So bin ich eben. Unberechenbar.«

»Darauf sollten wir anstoßen. Schön, dass ihr gekommen und wieder einmal meiner Einladung gefolgt seid.«

Auch Beate, Heidi und Gernot haben sich dazugesellt und trinken gemeinsam auf ihren Gastgeber.

Beate fragt, nachdem sie ihr Glas in einem Zug geleert hat:

»Wer fehlt eigentlich noch? Wir haben uns gefragt, was du mit deiner Aussage in der Einladung gemeint hast? Dieses Mal kommen *alle*.«

Jochen schaut in die Runde und sieht fragende Gesichter. Er will die Antwort aber noch nicht geben, deshalb antwortet er ausweichend:

»Überlegt mal selbst, wer noch fehlt.«

Heidi antwortet sofort:

»Die Margot, die fehlt noch. Weiß jemand, ob sie kommt? Mit mir hat sie nicht gesprochen und auch nicht Bescheid gegeben.«

Alle schauen sich an. Kirsten spricht aus, was die meisten denken:

»Ich vermute, sie hat mit keinem von uns seit letztem

November Kontakt gehabt?«

Alle nicken.

»Hat sie dir denn zugesagt, Jochen?«

»Das hat sie. Und ich bin mir sicher, sie kommt. Wenn nicht, wäre es sehr schade, denn sie steht heute Abend im Mittelpunkt.«

Überraschte Gesichter.

Gernot reagiert zuerst:

»Wie meinst du das genau?«

Jochen lässt sich nicht aus der Reserve locken:

»So, wie ich es sage. Ich habe mich für sie besonders ins Zeug gelegt. Mehr wird nicht verraten.«

»Der geheimnisvolle Gastgeber. Das kennen wir ja schon«, kann Samuel sich nicht verkneifen zu bemerken.

»Wahrscheinlich entführt er sie zu einem Rundflug mit einem Helikopter. Apropos hast du einen Landeplatz auf dem Penthouse Dach?«, will Sebastian wissen.

»Du hättest das bestimmt, wenn du es dir leisten könntest«, stürzt sich Gernot ohne Vorwarnung auf den etwas verärgert dreinblickenden Autohändler.

Doch dieser kontert direkt: »Da kennst du mich aber schlecht. Ich hätte in der Tiefgarage drei heiße Sportwagen stehen. Fliegen ist nicht so mein Ding.«

»Hört bitte auf! Wir haben bisher kaum etwas intus und schon geht das Gestichel wieder los. Könnt ihr das für einen Moment mal lassen!«, Heidi versucht, die gute Stimmung wiederzufinden.

»Wie wäre es, Jochen, wenn du uns allen einmal dein

Penthouse zeigst und eine kleine Führung machst?«

»Gute Idee. Nur vorher muss ich kurz in die Küche und die Vorspeise vorbereiten. Macht es euch in der Zwischenzeit bequem. Vielleicht sucht ihr ja etwas Musik aus. Ich habe extra für diesen Abend eine kleine Auswahl an LPs zusammengestellt. Ihr findet sie links neben dem Kamin an der Wand. Davor steht meine Hi-Fi-Anlage von *Braun*. Gernot oder Samuel, ihr kennt euch ja damit aus. Ich brauche nicht lange. Vielleicht ist bis dahin auch Margot da. Dann können wir den Rundgang gemeinsam machen.«

Die Gruppe geht geschlossen zum Kamin. Davor liegen große, einladend wirkende Kissen am Boden. Die Frauen machen es sich gleich darauf bequem, während die Männer sich mit den Schallplatten beschäftigen. Kurze Zeit später ist *Lenny Kravitz* zu hören.

»Oh wie geil, der schönste Mann, den ich kenne. Ich schmelze schon jetzt dahin«, säuselt Carolin, die bisher noch nichts gesagt hat und anscheinend nicht wirklich mit der Runde warm geworden ist. Da keiner auf ihre Bemerkung eingeht, verstummt sie gleich wieder.

»Er hat uns nicht verraten, wer sonst noch kommt, ist euch das aufgefallen?«

Kirsten hat wohl ganz genau aufgepasst.

Beate hat eine Vermutung:

»Vielleicht kommen Lehrer aus unserer Schule? 1989, das war doch kurz nach unserem Abi?«

»Meint ihr wirklich es kommen Lehrer? Das wird doch öde. Soweit ich weiß, konnte Jochen mit keinem so richtig«, wirft Kirsten in die Runde.

»Bei den vielen Streichen, die er ihnen gespielt hat, gehörte er nicht gerade zu den beliebtesten Schülern«, ergänzt Beate.

»Seht mal, lauter LPs aus dem Jahr 1989. Ich habe hinten auf dem Cover nachgesehen.«

Holgers Spürsinn ist geweckt.

»Jochen wird heute Abend bestimmt noch die eine oder andere Überraschung vorbereitet haben, wie ich ihn kenne«, gibt Gernot zum Besten.

»Ich kann mir vorstellen, nicht jede davon wird uns gefallen«, geht Kirsten noch einen Schritt weiter.

»Ihr lästert ja schon wieder!«, regt sich Heidi auf. »Jetzt fangt endlich an, den Abend zu genießen. Ich freue mich schon auf das Dinner. Was gibt es eigentlich für ein Menü? Habt ihr eine Ahnung?«

»Kommt, lasst uns doch mal einen Blick auf die gedeckte Tafel werfen, dort steht bestimmt eine Menükarte«, fordert Beate die Gruppe auf.

Die vier Frauen folgen Beates Aufruf. Die Männer bleiben, wo sie sind, und unterhalten sich weiter über die Musik der Achtziger.

»Gernot, du warst doch einmal *Genesis*-Fan, stimmt's?«, will Sebastian wissen.

»Ja, aber das ist lange vorbei. Irgendwie passt diese Musik nicht mehr in die heutige Zeit. Heute höre ich mehr Jazz. Nicht Free-Jazz, sondern eher so softe Stücke von *Till Brönner* oder *Max Mutzke*.«

»Immerhin hast du dich weiterentwickelt. Das kann man von mir nicht gerade behaupten. Ich höre Radio und lasse mich während der Fahrt mit Hits berieseln.«

»Kann ich nicht verstehen. Es gibt doch heute so viele Möglichkeiten an gute Musik zu kommen. Kosten tut es auch nicht mehr viel. Ich habe zum Beispiel ein *iTunes-Abo*. Kostet mich neun Euro im Monat. Da kann ich unbegrenzt Musik hören und auf allen meinen Geräten herunterladen«, erklärt Samuel fachmännisch.

»Hey Jungs, schaut mal, was Jochen alles auf dem Tisch vorbereitet hat. Echt interessant. Kommt doch mal her!«, ruft Beate der Männer-Gruppe zu.

Die Vier kommen neugierig zum Esstisch. In diesem Moment ertönt der Gong.

»Jochen, Margot kommt, soll ich aufmachen?«, fragt Gernot, der anscheinend Spaß als Türsteher hat.

»Lass mal, das übernehme ich dieses Mal«, stellt Jochen klar.

Er wäscht sich kurz die Hände und trocknet sie ab. Danach bedient er die Gegensprechanlage. Gespannt schauen und hören die Gäste zu. Keiner unterhält sich. Nur *Lenny Kravitz* singt mit rauer Stimme im Hintergrund eine Rockballade.

»Hallo Margot, freut mich, dass du da bist. Komm einfach hoch. Die anderen sind schon da.«

Wie immer dauert es einen guten Moment, bis der neue Gast im Penthouse angekommen ist. Als Jochen die kleine Frau sieht, staunt er nicht schlecht. Sie trägt ein fliederfarbenes Kleid und darüber eine stark taillierte, schwarze Lederjacke, die ihre schmale Figur betont. Dazu hat sie hochhackige Stiefel an, die teilweise mit Nieten besetzt sind. Als er sie zur Begrüßung umarmt, spürt er die durchtrainierte Figur und ihre glatten schulterlangen Haare kitzeln in seinem Gesicht. In seinem Kopf geht in diesem Moment einiges ab:

Die Frau hat sich aber verändert. Fühlt sich an wie eine Zwanzigjährige. Und sie riecht dermaßen verführerisch. Am liebsten würde ich Margot nicht mehr loslassen.

Beeindruckt und verwirrt hält er beide Hände von Margot. Sie schaut ihn mit einem umwerfenden Lächeln an und sagt in ihrer typisch zarten Stimme:

»Ich freue mich auch, dich zu sehen. Vielen Dank für die Einladung. Ich bin sehr gerne hier. Und ich muss gestehen, etwas neugierig bin ich auch. Europaallee, ein Penthouse. So etwas sieht man nicht alle Tage.«

»Alles halb so wild, komm einfach herein. Möchtest du Champagner?«

Jochen löst sich von Margot und dreht sich in Richtung der wartenden Gäste.

In diesem Moment kommt Samuel geradewegs auf Margot zu und reicht ihr ein gut gefülltes Glas.

»Margot, du siehst fantastisch aus. Ich bin hin und weg«, schmeichelt er zur Begrüßung.

Natürlich erhält sie zwei Küsschen auf die Wange und er umfasst dabei ihre Hüften. Jochen beobachtet das Ritual ganz genau. Margot genießt sichtlich den männlichen Empfang. Die anwesenden Frauen schauen neidisch und leicht pikiert wegen ihrer Schönheit.

Heidi versucht den verlorenen Faden von vorhin wieder aufzunehmen und erinnert Jochen an sein Versprechen:

»Jochen, du wolltest uns, wenn Margot da ist, dein Penthouse zeigen. Wärst du jetzt soweit?«

Der Gastgeber, der dicht hinter Margot steht, um weiterhin ihren verführerischen Duft zu genießen, scheint etwas überrascht von der Bitte. Er hatte sie wohl schon vergessen. Seine Reaktion ist trotzdem positiv und einladend.

»Am besten gehen wir zuerst an die frische Luft. Von dort aus können wir sowohl den Ausblick genießen, als auch das Haus kennenlernen.«

Er öffnet eine der vielen deckenhohen gläsernen Schiebetüren, und die Gruppe folgt ihm auf die Terrasse, die an dieser Stelle bestimmt noch einmal acht Meter bis zum Rand misst. Überall stehen riesige Kübel mit mediterran anmutenden Pflanzen. Vorne rechts ist ein großes Sonnensegel gespannt, darunter breitet sich eine ausladende Lounge-Möbel-Landschaft aus. Die indirekte Beleuchtung durch Strahler im Boden und zwischen den Fensterstreben taucht den offenen Raum der Terrasse in sanftes Licht. Auch hier draußen ist *Lenny Kravitz* zu hören. Auf dieser Seite hat man einen Blick in Richtung Messe und Messeturm. Ganz im Hintergrund ist der Taunus zu erahnen. Da heute ein leichter Nebel über der Stadt liegt, wirkt die Silhouette etwas unscharf, strahlt dafür aber eine besondere Mystik aus. Die Gäste scheinen beeindruckt, denn keiner sagt etwas.

Jochen durchbricht die Stille.

»Wahrscheinlich habt ihr euch gefragt, warum ich überhaupt umgezogen bin.«

»Genau, das haben wir«, unterbricht ihn Kirsten.

»Ganz einfach: Nach zwanzig Jahren im *Westend*, brauchte ich mal einen Tapetenwechsel. Und wie ihr seht, ist mir das gelungen. Hier ist alles anders. Ich habe einen fantastischen Ausblick, ich bin quasi *über den Dingen*. Das Haus ist modern, cooles Design und clean. Ganz anders, als die verschnörkelte Altbauwohnung, die ich, falls es euch interessiert, nicht verkauft, sondern nur vermietet habe.«

Beate und Kirsten tauschen bestätigende Blicke aus.

»Aber überzeugt euch selbst.«

Jochen geht nach rechts, um das Penthouse herum. Nun blicken sie direkt auf die Skyline von *Mainhattan*. Imposante Hochhäuser sind zu sehen. Manche davon sind angestrahlt.

Weiter hinten im Osten ist die Europäische Zentralbank auszumachen.

»Wow! Das hätte ich nicht gedacht. Ich bin wirklich beeindruckt«, gesteht Carolin, die Frankfurt sehr gut kennt, weil sie in der Innenstadt ihre Kanzlei hat. »Von hier oben wirkt die Stadt einfach wie eine Weltmetropole.«

»Die noch nicht mal eine Million Einwohner hat«, relativiert Samuel Carolins Aussage.

»Was man mit unlauter verdientem Geld doch alles erreichen kann!«

»Wie meinst du das? Du beziehst das doch hoffentlich nicht auf Jochen?«, meint Heidi, wieder sichtlich aufgebracht.

»Ich beziehe mich auf die Banken im Allgemeinen. Du erinnerst dich? Finanzkrise 2008? *Lehman Brothers?* Der Zusammenbruch der Großbank in den USA? Die Methoden der Deutschen Bank im Investmentbanking? Alles das war und ist teilweise noch immer nicht sauber. Die Finanzbranche hat leider wenig seit dieser Zeit dazugelernt und viele Banken operieren weiterhin mit grenzwertigen Methoden. Das vergessen wir gerne, wenn wir diese überdimensionalen Protzbauten bewundern.«

»Weißt du was, Samuel, du kannst einem echt die Laune vermiesen. Wie wäre es, wenn du einfach mal deine linke Klappe hältst«, fährt Sebastian ihm über den Mund.

»Schluss jetzt, ihr Streithähne. Ist mir doch heute Abend völlig egal, wer hier wie sein Geld macht. Jochen, vielleicht zeigst du uns dein Schlafzimmer? Wen möchtest du hier verführen? Ich könnte mir vorstellen, so einige Frauen wären von diesem Ambiente begeistert«, Kirsten zeigt auf den vor ihnen liegenden Raum mit einem überdimensional großen Bett.

»Hm, Letzteres wird schwierig, denn ich bin momentan solo. Aber was nicht ist ...«

Während er sich umdreht, öffnet er die breite Schiebetür zu seinem Schlafgemach. Auch hier gibt es einen Kamin, auf den Holger direkt zugeht.

»Ist der echt? Ich bin mir sicher, ein Holzfeuer ist hier nicht erlaubt?«

»Da kommt doch gleich der grüne Politiker zum Vorschein. Aber du hast Recht, das ist ein Gas-Kamin. Auch im Wohnzimmer ist einer. Sieht trotzdem gemütlich aus und heizt auch ordentlich. Natürlich alles von der Baubehörde genehmigt und abgenommen«, klärt Jochen Holger auf.

»Jochen, komm mal her, wir brauchen dich.«

Eine verführerische Stimme erklingt in Jochens Rücken. Als er sich umdreht, räkeln sich Beate, Kirsten, Heidi und Carolin auf seinem Kingsize-Bett. Beate gibt ihm mit ihrem Finger zu verstehen, dass er zu ihnen kommen soll.

Während die Männer und Ehemänner verblüfft daneben stehen, geht Jochen zu den Ladies und legt sich in ihre Mitte. Heidi und Beate küssen ihn auf die Wangen, und Margot macht mit ihrem Smartphone ein Foto von der eindeutigen Pose.

Kirsten quiekt laut und schrill vor Aufregung:

»Margot, kannst du uns das Foto gleich schicken? Ich will es auf *Instagram* hochladen.«

Carolin gibt ihrem Sebastian ein Zeichen:

»Komm Seb, du darfst auch mal mit allen Frauen posieren.«

Erleichtert macht Jochen Platz und statt seiner, räkelt sich nun Sebastian zwischen Carolin und Beate. Natürlich erhält er auch einen Doppelkuss.

»Wer will noch, wir sind gerade angetörnt«, ruft wieder einmal Kirsten.

Doch weder Holger noch Gernot oder Samuel haben Lust vorgeführt zu werden, geschweige denn vielleicht später auf *Instagram* zu erscheinen.

Jochen erlöst seine männlichen Freunde, indem er alle

wieder auf die Terrasse bittet. Nachdem sie um die dritte Ecke des Hauses gegangen sind, entdeckt Sebastian einen Raum, der ihm besonders gefällt.

»Hey Schatz, schau mal, so einen hätte ich auch gerne.«

Sein Blick geht in den perfekt ausgestatteten Fitnessbereich mit angeschlossener Wellness-Oase.

»Alles ist da. Ein Stepper, ein Rudergerät, selbst ein *Power-Plate* gibt es. Jochen, du überraschst mich. Seit wann bist du sportlich und willst deinen Body in Form bringen?«, fragt Sebastian, der selbst seit Jahren ins Fitness-Center geht und deutliche Muskelpakete vorzuweisen hat.

»Ich hab' mir ein Beispiel an dir genommen. Und außerdem, man wird ja nicht jünger ...«

Beate steht Jochen bei und meint:

»Lass ihn doch, wenn es ihm Spaß macht. Wann dürfen wir mal trainieren kommen, Platz hast du genug«, dabei dreht sie sich im Kreis und hebt die Hände.

»Jederzeit. Ich habe eine App, da kann ich die ganze Elektrik hier programmieren und im Haus fernsteuern.«

»Wow. Cool. Wie wäre es, statt eines Dinners, machen wir in Zukunft bei dir Sauna-Abende mit Fitnessgängen«, meint Holger.

»Ist gesünder und man kann sich dabei perfekt entspannen. Das kann ich gut gebrauchen, insbesondere nach einer Sitzung mit der AfD.«

»Gerne, gib mir einfach Bescheid. Wie gesagt, lässt sich alles mit der App steuern.«

»Auch das Essen? So langsam bekomme ich nämlich

Hunger!«, quengelt Gernot.

»Auch das Essen! Aber etwas musst du dich noch gedulden, Gernot, es gibt noch einen Raum, den möchte ich euch zum Abschluss zeigen.«

Heidi wendet sich an Beate:

»Was kann das denn sein? Vielleicht so einen Raum wie in *Fifty Shades of Grey*?«

»Wäre ihm zuzutrauen«, flüstert Beate.

Jochen lotst die Gruppe dieses Mal nicht auf die Terrasse, sondern einen Flur entlang, der bisher nicht zu sehen war. Er stoppt vor einer Tür, die unscheinbar wirkt. Rechts davon befindet sich eine in die Wand eingelassene gläserne Fläche. Diese berührt er mit seinem Daumen. In diesem Moment bewegt sich die Tür geräuschlos nach links und das grelle, kalte Licht im dahinter liegenden Raum geht an. Hier ist es deutlich kühler als in dem Rest der Wohnung. Es gibt auch keine Fenster, dafür aber offene Regale und Stahlschränke. In der Mitte steht ein Glastisch. Der Raum bildet einen extremen Kontrast zu dem sonstigen Luxus der Penthouse-Wohnung.

»Was ist denn das?«, fragt Heidi entsetzt.

»Sieht aus wie ein Labor oder ein OP-Raum, ohne die ganzen Apparaturen«, meint Kirsten.

»Nein, ich denke, das ist eine Asservatenkammer«, vermutet Holger.

»Asservate?«, fragt Gernot.

»Verwahrstücke, die zum Beispiel nach einer Straftat aufbewahrt werden, um Beweise zu sichern, weißt du?«, erklärt Carolin, nicht ohne Stolz über ihr Wissen.

Der Rest schaut sie überrascht an, was sie zu einer weiteren Erklärung auffordert:

»Wie ihr sicher wisst, bin ich Anwältin, genauer gesagt Strafverteidigerin, da kennt man diesen Begriff.«

»Aber Jochen, wozu benötigst *du* einen solchen Raum?«, fragt sie anschließend.

Jochen steht inmitten der Runde und hat ein iPad in der Hand.

»Zu einem ähnlichen Zweck, wie du uns erklärt hast. Ich verwahre Dinge, die mir wichtig sind oder einmal wichtig werden könnten.«

»Jochen, du sprichst mal wieder in Rätseln«, macht Gernot ihm klar.

»In diesem Raum sind alle Dinge, die ich über die letzten fünfunddreißig Jahre gesammelt, entdeckt, herausgefunden, ausspioniert, recherchiert und dann archiviert habe. Und wer mich etwas kennt, der ahnt, wovon ich spreche.«

»Du hast doch nicht etwa?«, fragt Samuel entsetzt.

»Doch, habe ich. Ich habe zum Beispiel über tausend Kassetten mit Aufnahmen digitalisiert. Oder weit über fünfhundert Stunden Videos. Aber auch original Gegenstände, die Geschichten erzählen können ...«

»Das ist doch verrückt!«, ereifert sich Kirsten.

»Für Jochen nicht. Er hat schon immer sein Leben und das Leben anderer dokumentiert. Man könnte auch sagen – *überwacht*«, erklärt Gernot.

»Sozusagen Stasi in klein«, bemerkt Holger zynisch.

»Ich will hier raus, dieser Raum macht mir Angst.«

Und schon flüchtet Heidi in Richtung Ausgang.

»Du brauchst keine Angst haben. Nicht umsonst ist er sozusagen bombensicher«, beruhigt sie Jochen.

»Das ist mir egal. Ich will mir nicht vorstellen, was du alles ausspioniert hast«, lässt Heidi nicht locker.

»Hey Leute, die einen haben gefährliche Tiere zu Hause, andere sammeln Schrumpfmasken. Es soll sogar Verrückte geben, die Särge aufbewahren, da ist sein Hobby noch harmlos dagegen. Aber Jochen, du solltest vorsichtig sein, wem du diesen Raum zeigst. So, und jetzt habe ich wirklich Hunger!«, sagt Gernot und bringt sein Bedürfnis wieder zurück in den Fokus.

Erleichtert folgen alle Heidi und Gernot zurück in den Wohnbereich.

Doch der abrupte Wechsel der Stimmung macht allen zu schaffen. Gernot bemüht sich wieder bessere Laune innerhalb der Gruppe zu erzeugen.

»Wir haben ... ich darf doch *wir* sagen, Jochen?«

»Kommt darauf an, was jetzt kommt.«

»Die Weine. Also, wir haben für heute Abend zwei hervorragende Tropfen ausgesucht. Der Weiße ist ein *Louis Jadot Chassagne Montrachet AOC 2016,* ein Chardonnay aus dem Burgund. Der Rote ist ein *Saint Préfert* Châteauneuf-du-Pape *Collection Charles Griaud Bio 2013,* also ein Côtes du Rhône Cuvée aus Grenache und Mourvèdre. Am besten ihr probiert erst einmal beide und dann entscheidet ihr euch. Ich empfehle, mit dem Weißwein zu beginnen und bei der Hauptspeise auf den Roten zu wechseln.

Wer will, der darf natürlich auch beim *Chardonnay* bleiben. Und übrigens, die Weine gibt es bei mir im Laden, falls ihr die nächsten Wochen Nachschub braucht.«

Gernots kleine Weinkunde hat schnell dafür gesorgt, dass die Kammer in den Hintergrund gedrängt wird. Alle stehen an der Kücheninsel mit einem Glas in der Hand und probieren. Jochen reicht dazu kleine *Amuse Gueule* zur Versöhnung.

Während die Gäste über die Qualität und den Geschmack der Weine diskutieren, geht Margot auf Jochen zu.

»Du, Jochen, darf ich dich etwas fragen?«, sagt sie wie immer leise.

»Klar doch, frag.«

»In deiner Einladung, da hast du etwas geschrieben, was mich verwirrt hat. Es war ungefähr so formuliert: Dieses Mal würden *alle* kommen. Was meinst du damit?«

Mit dieser direkten Frage von Margot hat Jochen nicht gerechnet. Deshalb muss er einen Moment für seine Antwort überlegen. Um die Verlegenheitspause zu überbrücken, trinkt er einen kräftigen Schluck Weißwein.

»Ich hoffe, du bist mir nicht böse, wenn ich dich bitte noch einen Moment Geduld zu haben. Es soll eine Überraschung sein. Und ich möchte sie so präsentieren, wie ich es vorbereitet habe.«

Margot schaut etwas enttäuscht, doch ihre Antwort ist diplomatisch formuliert: »Ich bin gerne bereit, zu warten. Aber ich hoffe, es ist nicht so erschreckend wie deine Kammer.«

Mit einem sanften Lächeln wendet sie sich von Jochen ab und geht direkt zu Samuel.

Jochen fühlt einen Stich in seiner Brust. Er trinkt einen weiteren Schluck Chardonnay, mit dem er die zuweilen spitzen Bemerkungen während des Rundganges runterspült.

Jetzt, beginnt der Abend erst richtig.

Jochen nimmt einen kleinen Löffel, den er bereitgelegt hat und schlägt ihn an sein Glas. Daraufhin verstummen die angeregten Gespräche.

»Darf ich euch bitten, Platz zu nehmen. Ich habe Tischkärtchen vorbereitet, seid so gut und respektiert meine Aufteilung für den Abend.«

Er erwähnt diesen Punkt aus Erfahrung, denn seine Sitzordnung wurde in der Vergangenheit gerne ignoriert. Das will er auf jeden Fall vermeiden, denn sie ist wichtig für seinen Plan.

Nachdem alle ihren Stuhl gefunden haben, nimmt er selbst am Kopfende Platz. Nun wird für alle offensichtlich, dass ein Stuhl leer bleibt. Jochen beobachtet die Reaktionen mit gespanntem Interesse. Doch keiner wagt es diesbezüglich eine weitere Frage zu stellen. Die Blicke richten sich auf den Gastgeber, der diesen Moment sichtlich genießt und vernehmlich zu sprechen beginnt:

»Meine lieben Freunde. Fragt ihr euch nicht manchmal, warum ich euch jedes Jahr zu mir einlade? Aus Zuneigung? Aus Sentimentalität? Oder vielleicht, weil ich sonst niemanden kenne? Zwanzig Jahre zelebriere ich das jetzt schon, einmal im Jahr, immer im November. Das heißt zwanzigmal ein Menü vorbereiten, kochen, bedienen, abräumen. In der Kleinmarkthalle einkaufen gehen. Eine Woche vorher mit der Planung beginnen. Und danach mindestens zwei Tage lang die Küche und die Wohnung wieder in Ordnung bringen. Ihr schaut verwundert, warum ich das gerade heute erwähne. Wahrscheinlich sagt ihr euch: Der gute Jochen, der ist halt so. Kocht gerne, ist ein leidenschaftlicher Gastgeber. Stimmt, in gewisser Weise habe ich das über die Jahre gelernt und kultiviert. Ja, sogar etwas Freude daran gefunden, immer perfekter zu werden. War es zu Anfang noch die klassische italienische Küche, so ist es heute fast das *Perfekte Dinner*. Ich entführe euch jedes Mal in eine andere kulinarische Welt. Ganz *en passant* kommt ihr mit mir auf eine multisensorische Reise. Ihr trinkt viel, redet laut und benehmt euch gerne mal daneben.

So seid ihr eben.

Jeder von euch ist mir mit den Jahren ans Herz gewachsen: die feine Dame Margot, der joviale Genießer Gernot, der überzeugte Aussteiger Samuel, die gute Seele Heidi, die tierliebende Chaotin Beate, der bodenständige Autofreak Sebastian mit seiner korrekten Anwältin Carolin und natürlich die sozial engagierte Mutter Kirsten mit ihrem grünen Politiker Holger.

Eigentlich war meine Intention für unsere Treffen ursprünglich eine ganz andere. Ich wollte euch ... aber dazu komme ich im Laufe des Abends noch.

An diesem 30. November 2019 – und bitte seid mir nicht böse – möchte ich euch mitteilen: Zwanzig Jahre sind genug! Heute ist das letzte *Jochen Dinner*!

Es war mir eine ganz besondere Freude diesen letzten Abend für euch, meine lieben Freunde, vorzubereiten. Ich bin mir sicher, Ihr werdet begeistert sein und eure Gefühle werden euch überwältigen, wenn ich euch mit Dingen überrasche, die – da bin ich mir sicher – in Vergessenheit geraten sind.

Seid gespannt, was ich speziell für euch vorbereitet habe. Nicht nur kulinarisch, sondern – wie drücke ich mich am besten aus – auch theatralisch. Manchmal tragisch, manchmal komisch! Ganz so, wie wir eben sind – oder einmal waren.

Lasst uns darauf anstoßen!«

Jochen schaut von einem Gast zum anderen und jeder zu ihm. Alle stoßen miteinander an.

»Da fällt mir ein, beinahe hätte ich vergessen, es zu erwähnen – das Motto des heutigen Abends! Es lautet:

Was einmal war, erst heute ist.

Und nun folgt mir in die Küche. Wir machen es wie immer. Jeder nimmt sich seine Portion selbst. Als Vorspeise gibt es ein *Kürbis-Orangen-Ingwer-Süppchen mit Zimtcroutons*. Guten Appetit!«

Wie gewünscht, gehen die ersten Gäste in die Küche und bedienen sich am Herd, auf dem ein großer Topf mit dampfender Suppe steht. Während Kirsten sich bedient, flüstert Beate ihr ins Ohr:

»Das kann ja heiter werden. Was hat er nur vor?«

»Ich lasse mich überraschen. Er liebt einfach die Selbstinszenierung!«

Hinter den beiden Frauen stehen Gernot und Samuel. Auch sie sind über die Ansprache und der darin enthaltenen Ankündigung einigermaßen verwundert.

»Hast du davon etwas gewusst?«, fragt Samuel.

»Nicht die Spur. Ich dachte, es wird wie immer. Ausgelassen, mit gutem Essen und viel Wein.«

»Hoffentlich übertreibt er es nicht. Leider neigt er dazu.«

»Wenn es zu schräg wird, können wir ja eingreifen«, schlägt Gernot vor.

»Gib mir einfach ein Zeichen, dann unterstütze ich dich.«

»So machen wir es. Endlich kriege ich, etwas zu essen. Wurde auch Zeit, es ist schon 20:00 Uhr.«

Als alle am Tisch sitzen und die leicht scharfe Suppe genießen, ist für Jochen der richtige Moment gekommen, mit der ersten Runde seiner vorbereiteten Inszenierung zu beginnen.

Zu diesem Zweck hat er extra eine Leinwand in die Decke einbauen lassen. Er öffnet unbemerkt seine *Smarthome-App* auf seinem iPhone und augenblicklich fahren sowohl die Leinwand als auch ein über der Kücheninsel eingebauter Beamer raus.

Die Freunde sind gerade dabei die Entwicklung der Mietpreise in Frankfurt zu diskutieren.

Wie meistens, hat Samuel das brisante Thema aufgebracht,

und Holger ist natürlich sofort mit eingestiegen. Als Mitglied des Stadtparlaments sitzt er an der Quelle der Informationen. Da alle, bis auf Samuel sowie Carolin und Sebastian, in einem der Stadtteile von Frankfurt wohnen, fühlt sich der Rest herausgefordert, eine eigene Meinung beizutragen.

»Glaubt mir, wir tun enorm viel, um auch günstigen neuen Wohnraum entstehen zu lassen«, erklärt Holger die Situation aus Sicht des Politikers.

»Das ich nicht lache, selbst bei mir in Bockenheim wird die Lage für Normalverdiener immer kritischer. An die Mieterhöhungen haben wir uns schon gewöhnt. Aber jetzt werden immer mehr Häuser saniert und in Eigentumswohnungen umgewandelt. Die vorherigen Mieter wurden zuvor herausgeekelt. Ich kann mich glücklich schätzen, noch lebt meine Vermieterin. Sie ist aber mittlerweile 78. Was nach ihr kommt, das kann ich mir heute schon ausmalen«, ereifert sich Heidi.

Obwohl *Depeche Mode* im Hintergrund läuft, hören einige das leise Summen der Elektromotoren für die Leinwand und den Beamer.

»Jochen, was kommt jetzt?«, fragt Sebastian.

»Etwas zur Einstimmung.«

Während *Depeche Mode* langsam ausfadet, beginnt *Carlos Santana Samba pa ti* zu spielen. Dann erscheint ein leicht unscharfes Bild auf der Leinwand. Die Tischrunde erkennt verschiedene Pärchen, die eng umschlungen tanzen.

»Das gibt es doch nicht! Wo hast du denn diese Aufnahme her?«, fragt Beate sichtlich erregt.

Die Kamera zoomt nun nacheinander an verschiedene Pärchen heran. Beate erkennt sich, wie sie leidenschaftlich mit den Haaren von Samuel spielt.

»Samuel, das bist doch du? Ich wusste gar nicht, dass du Beate damals so nah kommen durftest«, bemerkt Gernot süffisant.

Die beiden küssen sich nun leidenschaftlich. Dabei wandert Samuels Hand unter Beates Pulli.

Ein schriller Pfiff ist zu hören. Sebastian macht seiner Begeisterung Luft:

»Mehr! Ich will mehr sehen!«

»Das wirst du, pass einfach auf«, verspricht Jochen.

Schon sieht man ein anderes Pärchen, das einen wilden Zungenkuss praktiziert.

»Diese *Vokuhila*-Frisur kenne ich doch, das bist du Sebastian! Wen vernaschst du denn da?«, will Holger wissen.

»Den Namen der Biene habe ich *leider* vergessen.«

»Kein Wunder, bei deinem damaligen Konsum«, stichelt Samuel.

»Jetzt mach aber mal halblang, wir waren doch alle so«, verteidigt sich Sebastian, der bei dieser Bemerkung leicht zusammenzuckt. Der Grund ist ein Tritt, den er unter dem Tisch von seiner Frau Carolin erhalten hat.

»Fast alle. Denn einer musste ja den Voyeur spielen«, ätzt Beate.

»Stimmt. Und ich muss zugeben, es war schon damals recht unterhaltsam. Soll ich das Filmchen eine Weile weiterlaufen lassen? Ihr entdeckt bestimmt noch mehr anregende Momente.«

»So hübsch waren wir damals nun auch wieder nicht. Wie wäre es, wenn wir dir etwas in der Küche zur Hand gehen, damit du die Hauptspeise vorbereiten kannst?«, schlägt Gernot vor. Dabei geht sein Blick zu Samuel herüber.

»Gute Idee. Die Jungs helfen dir bei der Hauptspeise, und die Mädels kümmern sich um die passende Musik«, ergänzt Samuel und schaut dabei auffordernd seine Kumpels an.

»Aber nur, wenn Gernot noch eine Runde von dem vorzüglichen Wein aufmacht«, fordert Holger und hält dabei sein leeres Glas hoch.

»Wird gemacht.«

Gernot ist in seinem Element und greift zum Flaschenöffner.

Die Suppenteller werden abgeräumt und von Sebastian in den Geschirrspüler geräumt. Gernot wäscht das Gemüse, während Jochen die Fische vorbereitet. Die Kartoffel für den Stampf sind schon vorgekocht, deshalb baut Holger die Küchenmaschine für die Verarbeitung auf. Während die Männer konzentriert den Hauptgang vorbereiten, haben sich die Frauen zurückgezogen.

Sie nutzen gleich die Gelegenheit, um sich auszutauschen.

»Ich habe heute Abend ein ganz komisches Gefühl. Als ob noch irgendetwas passiert, womit wir wirklich nicht gerechnet haben. Dieses Filmchen war ja noch recht harmlos«, stimmt Beate die Frauenrunde ein.

»Mir geht es genauso. Ihr kennt Jochen seit der Schulzeit, ich erst, seitdem ich mit Sebastian verheiratet bin, also zehn

Jahre. Ganz ehrlich, mir ist dieser Mann nicht ganz geheuer. Geht das nur mir so?«, fragt Carolin unsicher.

Heidi nimmt sich der Frage an:

»Er ist schon ziemlich schräg drauf. Seit Jahren hat er keine Freundin gefunden. Seine Arbeit ist alles für ihn. Und dieses Hobby, wenn man es als solches bezeichnen will, grenzt schon an Voyeurismus.«

Margot relativiert die Meinung der anderen Frauen etwas:

»Für mich war er bisher ein guter Bekannter. Ihr erinnert euch bestimmt, damals war ich nicht Teil eurer Clique. Ich war schon immer eher allein unterwegs. Umso mehr habe ich mich vor zwanzig Jahren gefreut, dass er mich zum ersten Dinner eingeladen hat. Und ich habe jedes der Dinner genossen. Auch dank euch!«

»Das ist lieb von dir, Margot. Umso mehr wundert mich seine Aussage über dich von vorhin.«

»Was meinst du damit, Beate?«

»Oh, stimmt. Da warst du noch nicht da. Er sagte so etwas wie, *du würdest heute Abend im Mittelpunkt stehen.*«

»Bisher habe ich davon nichts gemerkt. Aber was nicht ist, kann ja noch kommen.«

»Hoffentlich keine böse Überraschung?«, malt sich Heidi aus.

»Bitte macht mir keine Angst. Ich hatte in letzter Zeit genug mit mir und meinem Leben zu kämpfen.«

»Du Arme, was hattest du denn, Margot? Hoffentlich nichts Ernstes.«

»Meine Mutter ist plötzlich verstorben und da ich ohne

Vater aufgewachsen bin, war ihr Tod doppelt so schlimm für mich. Danach habe ich mich irgendwie völlig zurückgezogen. Sogar meine Galerie musste ich für zwei Monate schließen. Erst im Oktober konnte ich wieder arbeiten. Heute ist der erste Abend, an dem ich mich unter Leute traue.«

Heidi legt ihre Hände auf Margots Knie.

»Ich habe gleich vermutet, dir geht es nicht so gut. Du bist im letzten Jahr noch dünner geworden.«

»Das ist das Wenigste. Wären da nicht diese Depressionen. Dabei liebe ich meinen Beruf.«

Kirsten versucht, Margot zu helfen:

»Der Beruf ist nicht alles! Alleine durchs Leben zu gehen, kostet sehr viel Kraft, gerade als Frau.«

»Und wenn die Gesundheit nicht mitspielt, solltest du nicht zu viel arbeiten. Machst du dir sonst noch andere Sorgen?«, will Heidi wissen.

Margot weiß in diesem Moment nicht so recht, ob sie sich den Frauen anvertrauen soll. Sie sieht sie nur einmal im Jahr und das soll, wie Jochen angekündigt hat, nun auch vorbei sein. Deshalb fällt ihre Antwort vorsichtig und nicht ganz der Wahrheit entsprechend aus.

»Eine Galerie zu führen ist wenig planbar. Es gibt sehr gute Monate und dann auch weniger gute Zeiten. Gerade stecke ich in einer schwierigen Phase, denn auch mir wurde mein Laden gekündigt. Ich muss mir eine neue Fläche suchen. Aber wahrscheinlich finde ich nichts Geeignetes in Sachsenhausen.«

»Da kommt ja einiges zusammen. Wie wäre es, wenn wir

eine WhatsApp-Gruppe gründen? So bleiben wir auch nach diesem Abend in Kontakt und können uns austauschen und vielleicht Ratschläge geben. Was haltet ihr davon?«, schlägt Carolin überraschend vor.

Kirsten ist begeistert:

»Ich bin dabei! Das ist eine sehr gute Idee. Hat jemand was dagegen?«

Sie schaut von einer Frau zur anderen. Alle sind dafür.

»Gut, hier ist meine Mobilnummer.«

Carolin schreibt sie auf einen kleinen Block, den sie aus ihrer Handtasche gekramt hat.

»Schickt mir einfach eure und ich mache eine Gruppe auf. Am besten gleich noch heute Abend. Sonst vergessen wir es wieder.«

»Mädels, vielleicht ist das der Beginn einer neuen Freundschaft. Lasst uns darauf anstoßen.«

Heidi hebt ihr fast leeres Glas. Margot wirkt etwas erleichtert, sich endlich mal jemanden anvertraut zu haben. Auch sie lächelt die Frauen herzlich an, doch tief drinnen wird sie von Ängsten geplagt.

»Was haltet ihr von *Wham!*? Habe ich seit Jahren nicht mehr gehört«, verrät Beate.

Carolin rollt mit den Augen:

»Aber bitte nicht *Last Christmas.*«

Beate legt die Scheibe auf den Plattenspieler und kurz darauf ist *Careless Whisper* zu hören.

»Die Damen haben ihre Wahl getroffen?«, fragt Samuel, als er sich auf eines der Sitzkissen fallen lässt.

»Meine Wahl hat sich gerade zu uns gesetzt. Samuel, wie wäre es mit einem Tänzchen? Nach der Inspiration eben, wollen wir die anderen einmal neidisch machen. Wie wäre es mit uns?«, versucht Beate den Single zu verführen.

Nach einer kurzen Denkpause kommt er sofort aus der Deckung, steht auf und nimmt Beates Hand.

»Es ist mir eine Ehre.«

Beide begeben sich in den etwas dunkleren Teil des Raumes mit Blick auf die Skyline und schmiegen sich aneinander.

Kirsten steht auch auf und geht zu ihrem Holger in die Küche. Kurz darauf kommen sie zurück und beginnen sich sinnlich zu der Musik zu bewegen.

Heidi winkt Gernot zu sich herüber. Da der sich nicht traut, ergreift sie die Initiative und nimmt ihn kurzerhand zu den Tanzenden mit. Kaum sind beide angekommen, bewegen sich ihre Körper eng umschlungen zur Musik.

Selbst Sebastian fühlt sich davon inspiriert und geht zu seiner Carolin, die schon auf ihren Mann gewartet hat.

Innerhalb einer Minute ist die improvisierte Tanzfläche gut gefüllt.

Nur Margot sitzt alleine auf einem der Kissen. Sie ist in diesem Moment froh, nicht, wie angekündigt, im Mittelpunkt zu stehen. Nach *Wham!* läuft noch *Hotel California* von den *Eagles*. Bevor ein drittes Schmuselied aufgelegt wird, ändert Jochen die Musik und bittet die Tanzenden und Margot zu Tisch.

Jeder findet dieses Mal einen perfekt präparierten,

länglichen Teller vor sich. Es duftet verführerisch.

»Voilà, der Hauptgang des Abends:

Filet von Edelfischen mit Mandel-Butter-Parmesan-Kruste auf Kartoffelstampf mit Fenchelgemüse. *Bon Appetit!*«, wünscht Jochen mit Stolz seinen Gästen.

Im Hintergrund läuft eine LP von *Elton John*, während alle das Essen genießen, einige leise miteinander am Tisch sprechen und andere in Ruhe aus den Panoramafenstern auf die Skyline schauen.

Wie aus dem Nichts taucht hinter Margot ein Mann auf, den zunächst keiner so richtig bemerkt hat.

»Margot, noch ein Schluck von dem Weißwein?«, fragt er. Spontan und ohne hinter sich zu schauen, antwortet Margot reflexartig:

»Ja, gerne.«

Als sie sich dann umdreht, um ihr Glas füllen zu lassen, durchfährt sie ein Moment des Schreckens. Ein schriller Schrei bahnt sich seinen Weg aus ihrem vor Überraschung geöffneten Mund. Messer und Gabel fallen zu Boden. Dann erhebt sich Margot und stammelt kaum hörbar:

»Tobias!«

Er steht vor ihr, immer noch mit der Flasche in der Hand. Tobias überragt sie um fast einen halben Meter. Seine langen Haare fallen ihm ins Gesicht, als er antwortet.

»Ja, ick bin's. Darf ick dich in' Arm nehmen?«

»Ich glaube, das musst du! Denn mir wird gerade schwindelig.«

Margots Beine versagen und sie droht vornüber zu kippen. Sie landet direkt in den Armen von Tobias. Er nimmt sie wie ein kleines Kind und trägt sie zur Couch, wo er sie ablegt.

Heidi springt sofort auf, geht in die Küche und holt Handtücher, die sie mit kaltem Wasser tränkt. Geschickt legt sie eines davon auf Margots Stirn, die beiden anderen um die Handgelenke.

»Kann jemand ein Glas Wasser bringen?«

Beate nimmt Margots Glas und geht auch herüber. Tobias kniet vor Margot, seiner Liebe von vor dreißig Jahren und schaut sie mit ungläubigen Augen an.

Jochen fühlt sich zu einer Erklärung verpflichtet:

»Liebe Freunde, das ist Tobias Koch. Vielleicht erinnert ihr euch an unser sonntägliches Essen im *Schnitzelhaus* damals, im November 1989. Dort haben wir ihn und Margot getroffen. Er war seitdem verschwunden. Ich konnte ihn nach jahrelanger Suche endlich ausfindig machen. Ursprünglich hatte ich schon für unser erstes Dinner vor zwanzig Jahren vor, ihn zu uns zu holen. Doch damals waren meine Bemühungen nicht erfolgreich und dann ist er auch bei mir in Vergessenheit geraten. Doch heute jährt sich das Ereignis zum dreißigsten Mal. Das war für mich Ansporn genug, um die Suche vor einem halben Jahr erneut zu starten. Wie ihr seht, war ich diesmal erfolgreicher. Manchmal brauchen die Dinge eben ihre Zeit«, schließt Jochen seine Erklärung.

Auf der Couch kommt Margot so langsam wieder zu sich. Sie öffnet ihre Augen und fängt sofort an zu weinen. Sie ist sichtlich überfordert mit der Situation. Heidi und Beate versuchen, sie zu beruhigen.

»Ich kann verstehen, es ist momentan alles zu viel für dich. Jochen muss es aber auch immer übertreiben«, ringt Heidi nach Worten.

Beate formuliert nüchtern:

»Ich denke, dieses Mal hat er es gut gemeint. Aber Tobias, du solltest Margot und uns erklären, warum du dreißig Jahre gebraucht hast, um zu Margot zurückzufinden.«

Tobias bleibt still und schaut Margot einfach nur an.

»Mir geht es etwas besser, lasst uns bitte wieder zum Tisch zurückgehen. Der Hauptgang wird kalt. Wir haben sicher gleich noch die Gelegenheit zu erfahren, warum Tobias heute hier ist und was er damit bezweckt.«

Margot steht auf und läuft, ohne ein weiteres Wort mit Tobias zu wechseln, zurück zu ihrem Platz. Heidi und Beate schauen sich vielsagend an und folgen ihr. Auch Tobias geht an den Tisch und nimmt neben Margot Platz.

Nachdem sie eine Weile schweigend den Hauptgang genießen, kommt Beate auf ihre Frage zurück.

»Tobias, sag' schon, wo hast du die letzten dreißig Jahre gesteckt?«

»Dit is nit so leicht zu versteh'n, wa. Aba, meestens war ick in Berlin. Ick konnte nämlich damals nich wieda in Westen zurück, wejen persönliche und ooch politische Jründe. Und dann vergingen die Jahre, wa, und dann habe ick mich nich mehr jetraut zu dit Margot wieder Kontakt uffzunehmen. Ick hab' ooch jedacht, dit se bestimmt ,nen anderen hat.«

Beim letzten Satz schaut er Margot an. Aber sie bleibt still und trinkt einen Schluck Wasser.

Samuel und Gernot wechseln intensive Blicke.

Da sie weiter voneinander entfernt sitzen, können sie nicht direkt miteinander reden. Samuel gibt seinem Kumpel ein Zeichen, gemeinsam den Tisch zu verlassen. Gernot nimmt zwei leere Flaschen Wein mit und Samuel zwei Wasserflaschen. Sie gehen in die Küche und beschäftigen sich dort mit dem Öffnen von neuen Wein- und Wasserflaschen.

»Was hat sich Jochen nur dabei gedacht, Tobias einzuladen?«, beginnt Samuel flüsternd das Gespräch.

»Ich denke, es hat ihn einfach nicht in Ruhe gelassen, dass wir damals der Sache nicht nachgegangen sind. Er will bestimmt herausfinden, ob Tobias in den Anschlag verwickelt war.«

»Auf Kosten von Margot! Sie weiß bis heute nichts von unseren Nachforschungen und unseren Vermutungen.«

»Die völlig aus der Luft gegriffen sein können«, findet Gernot.

Samuel reagiert unsicher:

»So ein Mist, was machen wir nur?«

»Uns sind die Hände gebunden. Wir können nur reagieren. Rausschmeißen können wir ihn nicht und Jochen ausbremsen? Du kennst seinen Sturkopf. Da haben wir keine Chance.«

»Dann versuchen wir unser Bestes, falls die Situation eskaliert.«

Gernot ist einverstanden. Als sie wieder an den Tisch zurückkehren, ergreift Jochen das Wort.

»Da wir jetzt vollständig sind und der Hauptgang beendet ist, habe ich mir ein kleines Spiel überlegt. Keine Angst, es ist nicht schwierig, jeder kennt es und jeder kann es ohne weitere Erklärungen: *Memory.* Wie der Name schon sagt, geht es um das Erinnern – hier im doppelten Sinn. Ihr sollt euch an die Fotos auf den Karten erinnern und die passende zweite Karte dazu aufdecken. Alle Fotos stammen aus dem Jahr 1989. Ich habe das Spiel schon vorbereitet. Dazu werde ich einen Tisch hereinrollen, auf dem die Karten ausgebreitet sind. Ihr dürft – nein, ihr sollt – zusammenspielen und euch über den Inhalt der Bilder austauschen. Ich bin gleich wieder da.«

Jochen verschwindet aus dem Raum. Die Gäste nutzen gleich die Gelegenheit für Kommentare.

»Uns bleibt aber auch nichts erspart«, stichelt Sebastian.

»Warte doch mal ab, vielleicht macht es ja Spaß in die Vergangenheit einzutauchen«, meint Kirsten.

»Ich lebe lieber im Hier und Heute«, stellt Beate für sich fest.

Margot sitzt wie versteinert auf ihrem Stuhl. Man sieht, wie unwohl sie sich in ihrer Haut fühlt. Auf die Versuche von Tobias, sich ihr anzunähern, reagiert sie nicht.

Die Tür zum Flur geht auf, und Jochen schiebt einen länglichen, teilweise eingeklappten Tisch vor sich her. Darauf sind die typischen Memory-Kärtchen zu erkennen. Er stoppt mitten im Raum, klappt zwei Tischplattenerweiterungen aus und verteilt noch weitere Karten darauf. Als er fertig ist, wendet er sich an die Wartenden:

»Seid ihr bereit? Dann kommt bitte zu mir und stellt euch

um den Tisch herum auf.«

Alle folgen seiner Bitte.

»Gernot, fang du doch einfach an, eine Karte aufzudecken. Von dir aus geht es dann rechts herum. Heidi folgt also nach dir, dann kommt Beate und so weiter. Wer eine Doublette aufdeckt, der hat die Möglichkeit die Fehlende, schon einmal aufgedeckte zu finden. Jeder hat einen Versuch. Beim zweiten dürfen alle raten. Ihr müsst euch nur auf eine Möglichkeit einigen. Wenn ihr das passende Kärtchen nicht gefunden habt, werden beide wieder zugedeckt und der nächste Spieler ist an der Reihe. Wir sind fertig, wenn wir alle Pärchen gefunden haben. Hat jemand noch Fragen?«

Carolin meldet sich.

»Da ich 1989 noch nicht mit von der Partie war, wäre es nett, wenn jemand mir das jeweilige Foto beschreiben könnte. So kann ich es leichter zuordnen.«

»Guter Hinweis. Also bitte eine kurze Beschreibung abgeben. Und am besten das Kärtchen für alle sichtbar hochhalten. Bevor ihr anfangt, möchte noch jemand Wein oder vielleicht einen Espresso? Ich kann gerne welchen zubereiten.«

Einige melden sich. Daraufhin verschwindet Jochen in der Küche.

»Dann lege ich mal los«, sagt Gernot.

Er deckt das erste von bestimmt mehr als fünfzig Kärtchen auf. Seine Reaktion ist erleichtert und zuversichtlich. Er hält das Bild hoch und beschreibt es kurz:

»Ein typisches Heidi Foto. Im Unterricht beim Stricken.

Ich kann einen Eintracht-Schal erkennen.«

»Hattest du da eine Mähne. Die ist ja so lang wie der Schal, den du strickst«, bemerkt Sebastian.

»Merkt euch die Position, ich lege es wieder zurück.«

Als Nächste ist Heidi an der Reihe. Sie erkennt das Foto sofort.

»Die Karre von Sebastian. Ein aufgemotzter *Opel Manta*. Hast du *den* eigentlich noch?«, fragt sie.

»Wo denkst du hin? Der ist 1990 auf dem Schrott gelandet. Ich hab' ,ne Kurve nicht gekriegt.«

Die Karte wandert zurück auf den Tisch.

Beate ist dran. Sie deckt eine neue Karte auf. Sie schaut sie an. Sie schaut ein zweites Mal darauf.

»Was ist es? Zeig mal her!«, ruft Holger.

»Sieht aus wie ein Reflektor.«

Holger schaut sich die Karte an.

»Ja, ein weißer *Reflektor*. Erkennt den jemand?«

Keine Antwort.

»Vielleicht werden wir später schlauer«, meint Beate.

Jetzt ist Tobias an der Reihe. Auch er greift zu.

»Ein Straßenschild, *Seedammweg«,* liest er vor. Kennt ihr diese Straße?«

»Die ist in Bad Homburg. Dort sind das Seedammbad und die Taunustherme. Und nicht weit davon weg die Schule, auf die wir gegangen sind«, erklärt Samuel.

Tobias nickt und legt die Karte an ihren Platz zurück.

Margot ist am Zug. Sie beugt sich weit vor, um ganz am Ende des Tisches eine Memory-Karte aufzudecken. Spontan ruft sie aus:

»Huch, da habe ich damals gewohnt, Fröbelstraße 12. In der Tür, du meine Güte, da stehen Tobias und ich.«

Als sie das ausspricht, hält sie sich die Hand vor den Mund. Schnell legt sie die Karte zurück.

Kirsten kommt dran. Sie nimmt gleich die Karte, die direkt vor ihr liegt. Langsam hält sie sie vor sich und beschreibt, was sie sieht:

»Eine Baustelle. Soweit ich es beurteilen kann auch im Seedammweg. Denn ich erkenne die Bushaltestelle dort.«

Carolin wundert sich:

»Warum hat denn Jochen diese Fotos gemacht. Ich erkenne darin keinen Sinn.«

Kirsten antwortet ihr:

»Vielleicht möchte er, dass wir uns an etwas erinnern.«

»Auf geht's, Samuel, du bist dran«, fordert Holger ihn auf, denn er kommt als nächster dran und kann es wohl kaum abwarten.

Samuel schaut herum und zieht. Sofort denkt er, als er das Foto erkennt, *warum muss ich das ziehen?* Er schluckt vernehmlich und sagt leise: »Ein zerbombtes Auto, ein Mercedes.«

»Da war doch dieses Attentat. Auf den Deutsche Bank Chef. Herrhausen hieß er, wenn ich mich richtig erinnere. Was hat das denn mit euch zu tun?«, fragt Carolin erneut.

Keiner antwortet ihr.

Holger überbrückt das Schweigen, indem er eine Karte zieht. Er runzelt die Stirn und beschreibt das Foto, so gut es geht:

»Schwierig zu erkennen. Ich sehe drei Typen. Sie sitzen wie in einem Schaufenster. Scheint eine Bar oder ein Café zu sein. Auf jeden Fall ist es nachts.«

Er hält die Karte hoch. Nacheinander schauen alle auf das Schwarz-Weiß-Foto.

»Erkennt ihr jemanden?«, will Beate wissen.

Gernot antwortet:

»Die Gesichter sind unscharf und an der Kleidung ist niemand von uns auszumachen.«

Da niemand mehr weiß, legt Holger auch diese Karte zurück.

»Wir haben bisher noch keine Doppelte gezogen. Mal sehen, ob ich mehr Glück habe.«

Carolin ist die Letzte in der Runde. Sogleich hält sie eine Karte in der Hand.

»Das ist ja komisch. Sieht aus wie ein Ausschnitt von einer Bedienungsanleitung. Ich kann etwas entziffern. *Photo electric barrier*. Das heißt wohl Lichtschranke auf Deutsch. Ich glaube, so langsam seid ihr mir eine Erklärung schuldig, was dieses komische Memory soll.«

Wie auf Kommando ist Jochen aus der Küche zurück. Er nimmt sich der Forderung Carolins an.

»Ich kann deine Verwunderung gut verstehen. Du warst damals noch nicht Teil unserer Clique. Bitte sei so gut und warte noch etwas ab, das Rätsel wird sich am Ende des Memory-Spiels auflösen. Seid so gut und macht einfach weiter. Hier, damit ihr fit bleibt. Eine Runde Espresso für alle.

Und Wein gibt es auch noch.«

Die Espressi werden schnell getrunken. Einige bedienen sich am Wein. Und Gernot steht schon wieder bereit, um eine neue Karte umzudrehen.

»Das ist ja mal einfach, ein Rucksack. Keine Ahnung, wem der mal gehört haben soll. Einem von euch?«

Er schaut in die Runde, doch niemand bekennt sich zu diesem Teil.

Die nächsten Spieler ziehen keine neuen Fotos. Am Ende der zweiten Runde liegen schon einige Karten-Paare auf einem Stapel. Die Auswahl wird geringer.

Tobias ist jetzt zum vierten Mal an der Reihe. Er wirkt angespannt. Seine Bemühungen Kontakt zu Margot aufzunehmen hat er vorerst aufgegeben. Er zögert. Doch nachdem die anderen Spieler ihn ansehen, greift er doch nach einer Karte. Er nimmt sie auf, dreht sie um und schaut sie intensiv an. Seine Stimme zittert, als er das Foto beschreibt.

»Das bin ich am Frankfurter Bahnhof. Ich schließe meinen Seesack in ein Schließfach ein.«

Er hält die Karte für alle sichtbar hoch. Interessiert und verwundert schauen die Spieler darauf.

»Woher kommt dieses Foto? Wer hat es gemacht? Wurde ich damals überwacht? Ich verstehe das nicht?«, will Tobias mit einem vorwurfsvollen Unterton wissen.

Viele Fragen, aber keiner gibt eine Antwort. Die Karte wird wieder zurückgelegt.

Nun ist Margot an der Reihe. Mutig nimmt sie eine Karte auf. Nachdem sie einen Blick darauf geworfen hat, kullern wieder Tränen. Mit schwacher Stimme beschreibt sie das Foto:

»Ich verabschiede Tobias am Bahnhof. Das ist das letzte Mal, dass ich ihn vor dreißig Jahren gesehen habe«, erklärt sie schluchzend.

Sie schaut Tobias an. In diesem Moment kann sie nicht anders. Sie muss ihn spüren. Jetzt. Sie schaut zu ihm hoch. Er legt seine Arme um sie. Sie legt ihren Kopf an seine Brust. Innig halten sie einander fest. Die anderen beobachten sie stumm.

In der Folge werden einige Karten mit persönlichen oder peinlichen Fotos der Freunde aufgedeckt. Das verleitet natürlich zu spitzen Bemerkungen wie:

Gernot, zwanzig Kilo weniger stehen dir gut ... oder Kirsten und Holger, eigentlich hättet ihr Love Story 3 drehen sollen, so wie ihr aufeinander abgefahren seid ...

Ganz besonders Gernot und Samuel versuchen, mit ihren Sprüchen die Laune hochzuhalten und vom Thema *Tobias* abzulenken. Doch als das Spiel zu Ende ist und Jochen wieder dazu stößt, können sie die vielen unbeantworteten Fragen nicht mehr zurückhalten.

Seit der Umarmung mit Tobias ist bei Margot eine Veränderung zu sehen. Sie wirkt nicht mehr niedergeschlagen und verunsichert, sondern selbstbewusst und angriffslustig.

Als alle wieder am Esstisch Platz genommen haben, spricht sie mit starker Stimme:

»Also, Jochen, du hast Tobias sicher nicht aus Mitleid mit mir aufgespürt und heute hierher eingeladen. Ich erwarte von dir, dass du uns aufklärst. Ich habe das Gefühl, von allen Anwesenden am wenigsten zu wissen, Carolin mal ausgenommen.«

Während Sie das sagt, sieht sie Jochen mit durchdringendem Blick an.

»Du hast Recht mit deiner Vermutung. Es ist an der Zeit, euch einzuweihen. Dreißig Jahre Ungewissheit sind genug!«

Gernot und Samuel reagieren nervös und starten einen letzten Versuch, den Abend zu retten.

Gernot ergreift das Wort:

»Lass doch die alten Geschichten ruhen, Jochen. Über die ganze Sache ist doch längst Gras gewachsen. Wieso freuen wir uns nicht einfach, dass sich zwei Menschen nach so langer Zeit wiedergefunden haben?«

Margot widerspricht vehement:

»Nein, ich will wissen, warum Tobias heute hier ist. Nur die Wahrheit sorgt für einen Neuanfang. Ich verspreche, ich versuche, stark zu sein, egal was kommt.«

»Vielleicht darf ick ooch mal wat dazu sagen? Ick bin zwa keen Mann großer Worte, aba eens kann ick sagen: Margot, ick habe dich nie verjessen. Und gloob mir, ick konnt nich anders. Ick musste die janzen Jahre abtauchen.«

Holger schreitet ein:

»Und warum bist du dann ausgerechnet heute hier?«

»Weil ick dachte, dit sei *die* Jelejenheit, Margot wiederzusehen. Und mein Jewissen zu beruhigen.«

»Heißt das, du warst 1989 wirklich dabei?«, fragt Beate mutig.

»Mal langsam, bevor Tobias antwortet, möchte ich allen die Möglichkeit geben, auf den gleichen Wissensstand zu kommen. Ich habe dazu einen kleinen dokumentarischen Film vorbereitet. Er besteht aus original Reportagen und Material, das ich gefilmt oder fotografiert habe. Wärt ihr bereit, ihn anzusehen?«

Alle nicken einvernehmlich. Jochen schaltet den Beamer wieder an.

Der Film beginnt mit der Tagesschau vom 1. Dezember 1989.

Der Sprecher sagt:

»Gestern wurde in Bad Homburg ein Sprengstoffanschlag auf das gepanzerte Fahrzeug des Deutsche-Bank-Vorstands Alfred Herrhausen verübt. Er wurde so schwer verletzt, dass er noch am Tatort starb. Sein Fahrer überlebte. Die Polizei vermutet, dass sich die RAF dazu bekennt. Der Anschlag wurde professionell vorbereitet. Die Täter verwendeten eine Konstruktion, die nur von Spezialisten installiert werden konnte. Um das Fahrzeug gezielt zu treffen, wurde als Auslöser eine Lichtschranke eingesetzt, die anscheinend schon Tage vorher angebracht wurde. Die Sprengkraft war so stark, dass der gepanzerte Mercedes vollständig zerstört wurde.«

Es folgt ein Zusammenschnitt einer Reportage aus dem Jahr 2014, der analysiert, wer vermeintlich hinter dem Anschlag steckte und wie die Täter den Anschlag vorbereitet hatten.

Jetzt ist Jochen zu sehen. Er sitzt auf einem Sessel in seinem Jugendzimmer im Rebenweg in Bad Homburg. Er spricht in die Kamera:

»Heute ist der 30. November 1989. Der Tag an dem in Bad Homburg, der Stadt in der ich aufgewachsen bin und in der ich lebe, eines der schlimmsten Bombenattentate in der Geschichte der Bundesrepublik Deutschland verübt wurde. Ich war heute Morgen am Tatort. Er ist nur ein paar hundert Meter von unserem Haus entfernt. Ich fahre dort jeden Tag vorbei, wenn ich zu meinem Arbeitsplatz beim DRK unterwegs bin. Es war schrecklich das zerfetzte Auto zu sehen. Es lag ein verbrannter Geruch über dem Seedammweg. Genau dort, wo sonst viele Familien in eines der beiden Bäder gehen. Die Bad Homburger sind in Schockstarre, und ich denke viele Menschen in Deutschland trauern und sind wütend über die hinterhältige und feige Tat. Ich habe das dringende Bedürfnis, darüber zu sprechen. Meine Gefühle zu artikulieren und meine Gedanken vor der Kamera festzuhalten. Nicht nur weil es geschehen ist und ich und meine Freunde in unmittelbarer Nähe leben, sondern weil wir die Vorbereitung dazu mitbekommen haben.

Wer auch immer irgendwann einmal dieses Video sieht, der sollte wissen, wir waren uns nicht bewusst, dass die Dinge, die wir in den Tagen vor dem Attentat gesehen und beobachtet haben, präzise und kaltblütige Schritte waren, einen Menschen umzubringen. Für uns begann alles am Samstag davor.

Wir hatten eine Party im Haus meines Freundes, Gernot.

Ein guter Freund, Sebastian, verspätete sich und kam mit seinem Auto, einem *Opel Manta*, den Seedammweg entlang. Dort ist samstagabends immer viel los. Die beiden Bäder sind gut besucht und viele Autos nutzen das Parkhaus. Der Seedammweg ist eine recht schmale Straße. Zwei Autos passen knapp aneinander vorbei. Wenn aber ein Bus kommt, dann wird es eng. Sebastian musste an diesem Abend nach 20:00 Uhr die Stelle passieren. Da der Bus ihn blendete und ein Wagen aus dem Parkhaus kam, fuhr er, um einen Unfall zu vermeiden, mit dem Vorderrad auf den Bürgersteig. Später berichtete er uns, dass in diesem Moment ein Mann vor sein Auto sprang. Er konnte gerade noch so bremsen, sonst hätte er ihn umgefahren. Der Typ landete auf seiner Motorhaube und er konnte ihn kurz sehen. Er beschrieb ihn folgendermaßen: Längere Haare, Bart, er hatte eine schwarze Lederjacke an. Er war groß und schlank. Die Blicke beider trafen sich. Er schaute Sebastian wütend an, drehte sich von seinem Auto weg und lief in entgegengesetzter Richtung davon.

Wir machten uns natürlich Sorgen, dass ihm etwas Ernstes passiert sei. Eigentlich hatten wir vor, noch am selben Abend zur Unfallstelle zurückzugehen. Doch dann entschieden wir, dies auf den nächsten Tag zu verschieben. Gernot, Sebastian und ich inspizierten die Unfallstelle und schauten nach, wo der Typ plötzlich hergekommen sein könnte, denn Sebastian schwor Stein und Bein, dass er ihn vorher auf dem Bürgersteig nicht gesehen hatte. Deshalb suchten wir nach möglichen Spuren in den Büschen, die neben dem

Bürgersteig wachsen. Wie es der Zufall will, entdeckten wir eine Bedienungsanleitung für die Montage von Lichtschranken.«

(Im Film hält Jochen ein Foto der Anleitung hoch.)

»Wir nahmen sie mit und, so viel kann ich schon verraten, brachten sie später wieder zur Fundstelle zurück.«

(Der Jochen im Film trinkt einen großen Schluck Bier.)

»Nun kommt der entscheidende Moment, der mich dazu brachte, der Sache ernsthaft nachzugehen. Mittags entschieden wir drei ins *Schnitzelhaus* zu gehen. Als wir eine Weile dort waren, kam Margot mit einer Begleitung in das Lokal. Sebastian traute seinen Augen nicht. Er erkannte den Typ wieder. Der Begleiter von unserer ehemaligen Schulkameradin war, seiner Meinung nach, *das* beinahe *Unfallopfer.*«

Am Tisch wenden sich alle Blicke zu Tobias. Dieser starrt vor sich hin, zeigt aber keine Reaktion.

»Ich entschied mich, zu den beiden an ihren Tisch zu gehen, und erfuhr während des kurzen Gesprächs den Namen von Margots Begleiter: Tobias. Er kam aus Ost-Berlin, und Margot hatte ihn wohl an diesem Tag erst zufällig kennengelernt.

Danach war mein detektivischer Spürsinn geweckt, und ich

begann von da an, das Paar zu überwachen. So gut es eben ging.«

(Jochen hält ein Foto von Margot und Tobias hoch. Sie küssen sich in der Fußgängerzone in Bad Homburg.)

»Wir ahnten zu diesem Zeitpunkt noch nicht, dass Tobias eventuell etwas mit dem späteren Anschlag zu tun hatte. Mehr aus Neugier fuhr ich Sonntag Abend mit meinem Fahrrad ein zweites Mal zum Haus von Margot. Gut, dass ich meins dabeihatte, denn so konnte ich die zwei, die auch mit dem Fahrrad unterwegs waren, zum Bahnhof folgen und beobachten, wie sie sich leidenschaftlich verabschiedeten.«

(Wieder zeigt Jochen ein Foto von dem Liebespaar.)

»Tobias stieg in die *S5* zum Frankfurter Hauptbahnhof. Ich auch. Dort ging er direkt zu einem Schließfach und verstaute seinen Seesack. Ich folgte ihm in das Bahnhofsviertel. In der Moselstraße steuerte er eine Bar an und verschwand darin. Auch hier konnte ich ein Foto schießen. Leider von schlechter Qualität. Er traf sich dort mit zwei Männern und unterhielt sich mindestens zwanzig Minuten lang mit ihnen.«

(Das Beweisfoto hält Jochen in die Kamera.)

»Da ich am nächsten Morgen wieder arbeiten musste, entschied ich mich, nach Bad Homburg zurückzufahren. Ich kann also nicht sagen, ob Tobias später oder am nächsten Tag wieder nach Berlin zurück ist oder nicht. Ich blieb an der Sache weiter dran. Unser Anhaltspunkt war der Seedammweg. Wir machten einen Einsatzplan, weil wir vorhatten, möglichst oft dort zu sein. Ab diesem Zeitpunkt unterstütze uns Samuel. Wir waren von da an zu viert. Ach ja, und wir informierten die anderen von unserem Vorgehen. Zu unserem Erstaunen passierte wirklich einiges vor Ort. Zu der Baustelle im Seedammweg, an der bis zu diesem Zeitpunkt nicht gearbeitet wurde, kamen Arbeiter. Sie machten sich an der Straße zu schaffen und verlegten Kabel. Ich entdeckte einen montierten Reflektor an einem der Poller und später beobachteten Samuel und Gernot, wie die Lichtschranke auf der gegenüberliegenden Straßenseite angebracht wurde.

Fast hätte ich es zu erwähnen vergessen: Die Bedienungsanleitung hatten wir wieder an den Fundort zurückgebracht. Und, oh Wunder, sie war weg, als wir erneut nachsahen. Leider konnten wir keine Fotos von den Aktivitäten am Vorabend des Anschlags machen. Gernot und Samuel, die vor Ort waren, wurden entdeckt. Sie berichteten mir aber, dass es sich bei den vermeintlichen Straßenarbeitern um drei Männer und eine Frau handelte. Zwei trugen dunkle Overalls und Mützen, einer hatte eine Lederjacke an und eine Baseballkappe auf. Dieser transportierte einen Rucksack. Die Frau im Parka schob ein Kinderfahrrad. Die beiden anderen montierten, wie schon erwähnt, die Lichtschranke.

Ich war am Mittwochabend vor dem Attentat bei einem

Vortrag in der Commerzbank in Frankfurt, deshalb konnte ich nicht mit dabei sein. Gott sei Dank erreichten Gernot und Samuel das Elternhaus der Rachs, ohne verfolgt zu werden.

Nachdem wir den Schock nach dem Attentat einigermaßen überwunden hatten, trafen wir die gemeinsame Entscheidung, unsere Beobachtungen für uns zu behalten und die Polizei nicht zu informieren. Wir hatten Angst um unser Leben, falls die Täter uns wiedererkennen würden. Ganz besondere Angst hatten wir vor Tobias. Falls er wirklich einer von denen war, die den Anschlag vorbereitet hatten.«

(Schnitt. Jochen steht im Seedammweg vor dem Mahnmal Alfred Herrhausens.)

»Heute ist der 28. November 2019. In zwei Tagen jährt sich das Attentat zum dreißigsten Mal. Und es ist bis heute nicht aufgeklärt. Die Täter sind nicht gefasst. Nicht nur deshalb dürfen die Ereignisse von damals nicht in Vergessenheit geraten. Sondern auch, weil ich sie nicht vergessen kann und will. Aus diesen Gründen habe ich vor einem halben Jahr mit der systematischen Suche nach Tobias Koch begonnen. Es war überraschend leicht, ihn ausfindig zu machen; vielleicht, weil er sich seiner Sache zu sicher war?

Ich habe Kontakt zu ihm aufgenommen und ihn anlässlich meines jährlichen Dinners zu uns eingeladen. *Warum ich das getan habe, werdet ihr vielleicht wissen wollen?* Meine Motivation war endlich Klarheit zu bekommen. Ist dieser Mann ein Mörder? Oder nur ein Mittäter. Oder haben wir uns geirrt? Meine Freunde, die ihr am 30. November bei mir zu Hause sein werdet und ein typisches *Jochen Dinner* erwartet: Bitte entschuldigt meinen Egoismus. Ihr kennt mich, ich gebe erst Ruhe, wenn ich mein Ziel erreicht habe.«

(Jochen dreht sich zur Seite und verlässt das Bild. Die Zuschauer haben freien Blick auf das Mahnmal Alfred Herrhausens.)

Der Film endet.

Ohne zu zögern, springt Margot von ihrem Stuhl auf und stellt sich leicht schwankend vor die Leinwand.

Mit vor Wut verzerrtem Gesichtsausdruck und schriller Stimme verkündet sie:

»Jochen Rach, du bist zu weit gegangen. Ich habe dir vertraut. Du bist ein unverbesserlicher Kindskopf und Träumer. Wie kommst du darauf, dass dieser Mann hier etwas mit dem Anschlag von vor dreißig Jahren zu tun hat? Wenn ihr wirklich Beweise habt, dann geht damit zur Polizei. Aber vermutlich habt ihr sie nicht. Ihr habt ihn damals nicht mit Sicherheit als Täter wiedererkannt. Habe ich Recht? Leute, ich bin sowas von erleichtert, nicht mehr zu diesem bescheuerten Dinner kommen zu müssen. Es ist alleine dazu da, dass du dich produzierst, Jochen. Darum geht es dir. Uns zu zeigen, was für ein toller Kerl du bist. Was geht dich meine Freundschaft mit Tobias an? Weißt du was, ich habe genug. Ich gehe jetzt und du kannst mich mal.«

Mit großen Schritten läuft Margot stampfend zu ihrem Platz, nimmt ihre Handtasche und wendet sich in Richtung Ausgang. Bevor sie die Tür erreicht, hört sie die laute und durchdringende Stimme von Tobias:

»Hier jeht niemand weg. Alle bleiben, wo sie sind!«

Da alle Augen auf Margot gerichtet waren, konnte Tobias unbemerkt aufstehen und sich an das Ende des Tisches bewegen. Dort steht er nun breitbeinig, mit einer Waffe in der Hand.

Sein Gesichtsausdruck hat sich komplett verändert. Die weichen Züge sind verschwunden. Stattdessen ist eine grimmige Fratze zu sehen.

»So und jetzt werdet ihr *mir* mal jut zuhören! Dann können wir ja immer noch entscheiden, wat zu tun oder zu lassen is, wa?! Margot, setz' dich bitte wieder hin. Jochen, du ooch.«

Jochen versucht, etwas zu sagen:

»Tobias ...«

»Nee, du bis jetzt ma' still. Deine Theorie ham wa zur Jenüje jehört.«

Die Gesichter der Freunde sind voller Angst und Panik. Keiner traut sich, etwas zu sagen.

Damit hatte keiner gerechnet. Außer, vielleicht Jochen.

Tobias baut sich vor den Anwesenden auf. Als er zu erzählen beginnt, läuft er wie ein eingesperrter Tiger im Raum herum, immer mit der schussbereiten Pistole in der Hand.

»Ick war gerade mal neunzehn geworden, als die Mauer

fiel. Für mich brach ‚ne Welt zusammen, *meine* Welt. Die DDR war meine Heimat. Mir ging es dort sehr gut, denn ick gehörte, wie meine Eltern, zur bevorzugten Gruppe von Menschen, die für den Staat gearbeitet haben. Schon früh bekam ick Aufgaben von meenem Vater. Der war nämlich ein hohes Tier in der Partei. Ick war dann ooch IM (Inoffizieller Mitarbeiter) der Stasi an unserem Berliner Jymnasium. Mein Spezialjebiet: Bespitzeln von den Lehrern. Besonders die, wo pro-westlich eingestellt waren. Das jelang mir janz gut. Und nach einiger Zeit bekam ick auch außerhalb der Schule Spezialaufträge zugewiesen. Zum Beispiel beobachtete ick bei Rockkonzerten Jugendliche. Selbstverständlich wusste keener meener Kumpel von meener verdeckter Tätigkeit. Ick operierte allein und mir war so jut wie nix über andere IMs bekannt. Oder über die Fisimatenten des MfS (Ministerium für Staatssicherheit).

Meen Kontaktmann hab' ick meine Erjebnisse berichtet. Der kam dann Mitte November 1989 auf mich zu. Er tat sehr jeheimnisvoll. Es würde sich um meene letzte Operation handeln, hat er zu mir jesacht, denn die DDR sei ja in Auflösung und bald würde auch die Stasi nich mehr existieren, wa. Umso mehr motivierte er mich, für den Staat eine letzte Heldentat zu erledijen.

Für den bevorstehenden Einsatz stattete er mich mit westlichen Klamotten aus: Lederjacke, Levis-Jeans, Adidas Turnschuhe, eine Baseball-Kappe und D-Mark. Und die Bahnfahrkarten von Berlin nach Frankfurt und zurück. Auch Stadtpläne von Frankfurt und Bad Homburg. Darin waren zwee Stellen markiert. In Frankfurt 'ne Bar in der Moselstraße und in Bad Homburg dit Parkhaus am Seedammweg. Kurz vor meiner Abreise überreichte er mir eenen versiejelten Umschlag, den ick beim Treffen in der Bar am 27. November 1989 um 21:00 Uhr überjeben sollte. Davor sollte ick Fotos vom Seedammweg und der Umgebung machen. Natürlich möjlichst unauffällig. Den belichteten Film musste ick ooch beim Treffen überjeben. Mehr Informationen erhielt ick damals nich.

Ick kam also am Sonnabend in Frankfurt an. Da ick bis Sonntag noch jenüjend Zeit hatte, entschloss ick mich, in die Kunstausstellung in der Schirn zu jehen. Neben meener Tätigkeit als IM war die Malerei schon immer meene Leidenschaft jewesen. So kam et, dass wir uns bejegnet sind, dit Margot und meene Wenijkeit.«

Tobias schaute jetzt Margot an.

»Ick war so überwältigt von dir. Natürlich hatte ick mit so was nich jerechnet. Darum wollt' ick ja eijentlich nach der Ausstellung weg von dir. Aber das jelang mir nischt. Du hast mich irjendwie verzaubert. Als ick dann von dir erfuhr, dass du in Bad Homburg lebst, sagte ick mir: *Tobias, dit is Vorsehung!*. Ick ließ et jeschehen und folgte dir.

Alles war wie in 'nem Traum. Der Westen, Frankfurt, die Hochhäuser. Die vielen Menschen. Der Luxus. Dein Zuhause. Unsere jemeinsame Nacht. Einfach allet, hia. Ick war so hin und weg, dass ick fast de Fotos verjessen hätte, die ich noch machen musste. Voll Panik erfand ick irjendetwas, damit ick dich und dein Haus für kurze Zeit verlassen konnte, wa. Und zwischendrin überlegte ick, ob ick mich nich janz abmachen sollte. Aber der Jedanke an dich führte mich wieder zurück.

Keene Ahnung, wie ick von deinem Zuhause zum Seedammweg jekommen bin und wieder zurück. Ick weeß nur noch, dass ick wie so ‚nen Bekloppter jerannt bin. Im Seedammweg anjekommen, bemerkte ick, erst wie dunkel es war. Wahrscheinlich erwarteten meene Auftrajjeber Fotos, die bei Tageslicht gemacht waren. Dit war mir dann aber egal. Ick schoss eenen Film mit 36 Fotos, versuchte, alle Perspektiven zu finden. Bei meinem letzten Motiv, ick hatte mich hinter den Rand des Jehwegs neben der Einfahrt des Parkhauses jestellt, hörte ich das laute Jeräusch von so ‚nem Raser. In diesem Moment hatte ick noch meene Fotoapparat vor Augen. Dit Motorenjeräusch wurde lauter. Kam immer näher. Ick setzte die Kamera ab und schaute direkt in die hellen Scheinwerfer.

Irgendwie kippte ick dann aus den Latschen und bin über so ‚nen großen Stein jeflogen, der neben meene Füße jelegen hat, wa. Mit der Kamera in der Hand versuchte ick die Balance zu halten, doch da war's schon zu spät. Ick bin dann auf der Motorhaube von diesem Idioten gelandet, der auf den Bürjersteig jerast war – dit warst dann du, Sebastian.«

Tobias und Sebastian Blicke treffen sich. Doch beide sagen nichts.

»Voller Panik bin ick dann wegjeloofen. Ick konnte erst wieder stoppen, als ick wenig später zu Margot zurückgekommen war. So im Nachhinein, weiß ick nich, wie ick dit damals jeschafft habe. Keene Ahnung, aber irjendwie hat's jeklappt.

Und wir verbrachten dann eine wundervolle Nacht und auch noch den nächsten Tag zusammen. Aber der war dann unverhofft tragisch für mich. Ausjerechnet der Fahrer des Unfallwagens und seine Freunde saßen in dem Lokal, in der Margot und ick Mittagessen war'n. Ick wäre am liebsten im Erdboden versunken. Dann kam Jochen zu uns rüber, aber meene Befürchtungen ham sich nich bestätijt. Du warst wohl neujierig, wer denn der neue Freund von Margot war und hast versucht, Margot und mich auszufrajen. Dennoch hab' ick den janzen Nachmittag überlejt, ob ihr vorhattet, gegen mir vorzugehen. Aber es geschah nüscht, ne.«

Tobias nimmt sich seinen Stuhl und setzt sich rittlings drauf. Er legt seine Arme auf die Rückenlehne und streckt seine langen Beine aus. In der Hand hält er weiter seine Pistole.

Komischerweise empfindet Gernot keine Angst. Er denkt sich: *So eine skurrile Situation habe ich noch nie erlebt. Hier sitzt ein mutmaßlicher Verbrecher und schildert uns seine Tat. Warum? Sucht er Verständnis? Will er nach so vielen Jahren endlich reden? Das loswerden, was ihn belastet, vielleicht zermürbt? So scheint es zu sein.* Er fasst Mut und fragt den ehemaligen IM:

»Möchtest du etwas trinken? Noch einen Schluck Rotwein, vielleicht? Oder ein Wasser? Ich könnte auch noch etwas vertragen. Wie sieht es bei euch aus?«

»Trinkt nur. Mir kannste ooch noch eens bringen. Aber keene Tricks. Ick behalte dich nämlich im Ooge.«

Gernot schenkt jedem nach und bringt Tobias ein gut gefülltes Glas. Dann setzt er sich wieder hin.

Tobias nimmt einen großen Schluck, bevor er fortfährt:

»Und dann der Abschied. Dat war die Hölle, wa. Wir haben uns nur wenig mehr als 24 Stunden jehabt, doch das hat jereicht, um den Rest meines Lebens darunter zu leiden, dich nich mehr wiedersehen zu können.«

Es folgt ein weiterer Schluck. Sein Blick wird glasig.

»Nach dir habe ick nich mehr so ne Jefühle empfunden. Margot, das kannste mir ruhig glooben.«

Er schaut sie flehend an. Sie scheint mit ihm zu fühlen. In ihre Augen treten Tränen.

Er nimmt noch einen Schluck Rotwein zu sich. Seine Zunge wird merklich schwerer.

»Wat dann folgte, dit hat meen Leben vollends kaputt jemacht. Wie ihr von Jochen schon jehört habt, bin ick dann zum Treffpunkt nach Frankfurt. Die zwee Typen, die ick dort im Bahnhofsviertel traf, waren harte Jungs. Nachdem ick ihnen also diesen Umschlag überjeben hatte, haben die mich ausjefragt: *woher ick denn herkommen würde? Wat ick bisher jemacht hatte? Und was ick in den nächsten Tagen vorhatte.*

Ick habe denen dann die Wahrheit jesagt. Denn ick wusste, sie hatten Kontakte mit dem MfS und waren nich zimperlich. Damals konnte ick ja nich ahnen, dass die janze Stasi wenige Wochen später aufjelöst wurde. Die taten so, das fand ick später heraus, als ob die Stasi wollte, dass ick se weiter unterstützen sollte. Sie würden mir dann morjen, also am nächsten Tag, erklären, wat ick zu tun hätte. Die waren ziemlich eindringlich und die wussten gut Bescheid über mich, wa. Also ick hatte null Zweifel, dass die Leute wussten, was sie taten. Trotzdem hatte ick ein mulmiges Jefühl. Und nachdem wir noch ‚ne Molle jetrunken hatten, schleppten die mich zu ‚nem kleenen Hotel in der Nähe, bezahlten für ‚ne janze Woche im Voraus und verabschiedeten sich dann. Ich sollte hier solange bleiben, bis sie mir ‚ne Nachricht zukommen ließen. Die würde man am Empfang unten abgegeben. Auf keenen Fall sollte ick Kontakt zu irjendwelchen Leuten hier im Westen aufnehmen.«

Nun ist es Jochen, der Tobias unterbricht.

»Hättest du was dagegen, wenn ich den Nachtisch bringe? Immerhin ist es ein Dinner und das Menü ist noch nicht zu Ende.«

»Mach nur hin. Gernot, schenk‘ mir von det Rotem nach.«

»Ich gehe in die Küche. Ist das okay?«

»Wird wohl keene Waffe versteckt sein, wa?«, lallt Tobias mit schwerer Zunge.

»Wo denkst du hin. Nur scharfe Messer«, antwortet Jochen ironisch.

»Da bin ick aber schneller.«

Tobias hebt seine Pistole hoch und wedelt damit herum.

Jochen bereitet wie vorgesehen den beschwipsten Apfel mit Semmelbrösel und Zitronen-Mascarpone vor.

Während er sich in der Küche beschäftigt, macht er sich Gedanken über mögliche Szenarien, wie der Abend ausgehen könnte:

Erste Möglichkeit: Tobias bringt uns alle um.
(Eher unwahrscheinlich. Dazu sind wir zu viele.)

Zweite Möglichkeit: Er fällt betrunken vom Stuhl und wir können ihn überwältigen.
(Vielleicht wahrscheinlich, wenn er so weiter trinkt.)

Dritte Möglichkeit: Er schnappt sich Margot und haut ab.
(Wahrscheinlich. Die Frage ist, ob Margot da mitmacht.)

Vierte Möglichkeit: Wie Möglichkeit drei. Nur, dass sich Margot weigert.
(Wahrscheinlich. Das könnte fatale Folgen haben. Denn er könnte ausrasten.)

Fünfte Möglichkeit: Wir können ihn beruhigen.
(Möglich. Ich habe nur keine Idee wie.)

Weiter kommt Jochen nicht, denn Tobias spricht wieder:

»Die nächsten Tage drückte ick mich im Bahnhofsviertel ‚rum. Erst am Mittwoch, den 29. November meldeten sich die Kontaktmänner wieder. Ick solle mich bereithalten, hieß es. Sie würden mich um 18:00 Uhr abholen. Sie kamen dann mit einem orangefarbenen städtischen Baustellenfahrzeug, Hinten auf der Pritsche waren alle möjlichen Werkzeuge und Jerätschaften. Sie nahmen mich in ihre Mitte und wir fuhren nach Bad Homburg in den Seedammweg. Dort sah ick dann die Baustelle. Ick bekam eenen sehr schweren Rucksack, in die Hand jedrückt und jing mit ,ner Frau, deren Namen mir nich jesagt wurde auf die jegenüberliegende Seite von dem Seedammbad. Dort stellte sie ein Kinderfahrrad ab. Ich sollte den Rucksack, jenau nach Anweisung, auf den Jepäckträger festmachen. Das Fahrrad wurde dann noch an einen der Poller anjeschlossen. Während wir damit beschäftigt waren, machten sich die anderen zwee Typen daran, auf der anderen Straßenseite etwas zu montieren. Ick wusste nich was und auch nich warum. Jedenfalls durfte ick dann den Rest des Abends und die janze Nacht dort Schmiere stehen. Meene Aufgabe war, die Baustelle zu überwachen und sofort zu melden, falls sich irjendwer daran zu schaffen machte, ne.

Es passierte aber nüscht. Ick bin dann kurz nach sieben am nächsten Morjen abjeholt worden. Eener der Männer fuhr mit mir zum Hauptbahnhof. Er jab mir meinen Seesack zurück, drückte mir einen Umschlag in die Hand und setzte mich in den nächstbesten Zug nach Berlin. Im Zug hab' ich den Umschlag uffjemacht und bin beinahe jestorben. Da waren janze zwanzigtausend D-Mark drin. Die hab ick mir in die Strümpfe jesteckt und hab' dann die janze Rückfahrt nach Berlin jepennt.

Am nächsten Tag sah ick dann auf ,ner Bild-Zeitung an einem Kiosk die Meldung:

Attentat in Bad Homburg! Deutsche Bank Vorstand, Alfred Herrhausen tot! Von diesem Moment an wusste ick, dass ick keen normales Leben mehr führen konnte.«

Erschöpft vom Erzählen leert Tobias sein Glas.

Alle schweigen.

»Wie wär's mit dem Nachtisch?«, unterbricht Jochen die Stille.

Kurze Zeit drauf sitzen alle vor dem beschwipsten Apfel mit Semmelbrösel und Zitronen-Mascarpone und denken über Tobias Beschreibung des Attentats nach.

Auch Gernot spürt mittlerweile den Rotwein. Er versucht, klar zu denken und versetzt sich in die damalige Situation von Tobias.

Was hätte er machen sollen oder können? Er kam aus der DDR und wurde seit seiner Kindheit für irgendwelche Zwecke missbraucht. Geheime Aufträge zu erfüllen, das konnte er und war es gewohnt. Die Dinge zu hinterfragen gehörte nicht zu seinen Gewohnheiten. Er hatte zu funktionieren. Genauso tat er es an diesem denkwürdigen Tagen und wurde zum Mittäter. Irgendwie tat ihm Tobias leid. Und: Im Grunde genommen, hat er etwas Ähnliches getan wie wir. Er hat seinen Mund gehalten und ist nicht zur Polizei. Wer hätte ihm geglaubt? Er hatte keinerlei Beweise, dass er nur mitgemacht hat und nicht mitverantwortlich war. Oder war er es doch?

Margot löffelt ihren beschwipsten Apfel, doch sie schmeckt ihn nicht. Ihre ganze Aufmerksamkeit ist auf Tobias gerichtet und auf das, was sie gerade erfahren hat. *Hätte er nicht trotzdem zu ihr zurückkehren können? Sie hätte ihn mit offenen Armen empfangen. Aber was wäre das für ein Leben geworden?* Heute wissen wir, dass die Tat nicht aufgeklärt wurde. *Wer hätte damals damit rechnen können, dass dreißig Jahre danach die Täter immer noch nicht gefasst wurden? Es wäre für beide ein Leben in ständiger Angst geworden und sie hätte ihn wahrscheinlich immer weniger verstanden und letztendlich verloren.*

Jetzt sitzt dieser Mann, eigentlich ein Fremder, mit einer Pistole in der Hand vor ihr. Vor wenigen Minuten hat er gestanden, dass er sie weiterhin begehrt. *Wie steht sie dazu? Ihre Gefühle sind komplett durcheinander. Gibt es einen Ausweg? Einen Ausweg für sie beide? Was kann sie dazu beitragen?*

Fragen, so viele Fragen, schießen durch ihren Kopf.

Carolin sitzt zitternd vor ihrem Apfel. Kleine Schweißperlen glänzen auf ihrer Oberlippe. Panisch schaut sie von einem zum anderen am Tisch. Nur Tobias traut sie sich nicht anzusehen. Dann schließt sie die Augen, alles dreht sich in ihrem Kopf.

Nimm dich zusammen, Caro. Du bist Anwältin. Du müsstest am ehesten mit solchen Situationen klarkommen. Verbrechen sind dein tägliches Brot und Pistolen hast du schon hunderte Male im Gerichtssaal gesehen. Ich habe trotzdem Angst! Werde ich sterben? Und mein ungeborenes Kind mit mir? Warum habe ich es Sebastian noch nicht gesagt? Morgen muss ich es tun. Vielleicht ist es dafür nun zu spät. Bitte, lieber Gott, hilf mir!

Sie öffnet ihre Augen wieder und nimmt die Hand ihres Mannes in ihre Hände. Er lächelt sie aufmunternd an.

Heidi fühlt sich stark, obwohl oder gerade, weil sie zu viel getrunken hat. Sie erkennt in diesem Moment: *Ich spüre, wie ich am Leben hänge. Ist das nicht wundervoll? Jahre der Taubheit sind vorbei. Da kommt so ein kleiner, mieser Gangster und bedroht uns und was mache ich? Ich erwache aus meinem Dauerschlaf. Alles pulsiert in mir. Ich will neues erleben. Ich will mit Gernot zusammen sein! Ich will mich ändern. Das weiß ich genau. Danke, Tobias. Du hast mir die Augen geöffnet.*

Ein Lächeln huscht über ihr Gesicht, und der Richtige nimmt es wahr. Gernot.

Er schaut zu ihr herüber und ein Lächeln huscht auch über sein Gesicht. Er sagt zu sich: *Wie blöd war ich nur? Ist sie nicht wundervoll? Meine Heidi. Falls ich hier lebend herauskomme, werde ich um ihre Hand anhalten. Dafür ist es höchste Zeit. Niemand wird mich davon abhalten. Das wäre doch gelacht, wenn ich das nicht hinkriegen würde. Dieser Tobias, der hat das ausgelöst. Wir sollten ihm dankbar sein. Nur, wie kommen wir aus dieser Situation heraus?*

In diesem Moment fängt Samuel zufällig Gernots Lächeln ein. Auch er kann nicht anders als zurückzulächeln. Der Moment erzeugt bei ihm ein Déjà-vu.

Die vier Freunde Jochen, Sebastian, Gernot und er liegen als Jugendliche gemeinsam im Schwimmbad und schauen in die Wolken, die am blauen Himmel vorbeiziehen. Ein einmaliger Moment des Glücks durchläuft ihn. Kaum zu glauben, in dieser Situation.

Aber Samuel wäre nicht Samuel, wenn er nicht für den Moment leben würde. Und genau deshalb bricht er die Stille und sagt überschwänglich:

»Tobias, deine Pistole kannst du eigentlich weglegen. Wir sitzen alle im selben Boot.«

Der ehemalige IM kratzt sich mit dem Lauf am Kopf und verdreht die Augen.

»Wie meenst'n dit? Ick habe euch jerade jestanden, dass ick an der Vorbereitung eines Attentats beteilijt war.«

Jochen kapiert die Erkenntnis seines Freundes als Erster und erkennt den Ausweg aus der verfahrenen Situation.

»Genau das haben wir schon vor dreißig Jahren vermutet. Und keiner von uns hat etwas unternommen.«

»Warum eijentlich nich?«, lallt Tobias.

Gernot antwortet für die Freunde.

»Weil wir unser Leben nicht zerstören wollten. Wir haben damals entschieden, die Sache auf sich beruhen zu lassen.«

»Dann kann ick aber nich versteh'n warum Jochen nach dreißig Jahren heute wieder damit kommt.«

»So ist Jochen eben. Du hast ihn doch gehört, er bohrt so lange, bis er auf Öl stößt. Nur, hier gibt es kein Öl, weil wir ihn überstimmen werden«, verkündet Samuel überschwänglich.

Beate ist aus ihrem Rausch aufgewacht:

»Jetzt verstehe ich nichts mehr. Wie meinst du das, über was sollen wir abstimmen?«

»Na darüber, ob wir Tobias verpfeifen. Das ist doch wohl der Grund, warum er uns hier mit einer Pistole bedroht und keinen weglassen will«, bringt es Gernot auf den Punkt, denn von allen hat er noch den klarsten Kopf.

Urplötzlich wirft die Anwältin Carolin ein:

»Wer sagt uns denn, ob Tobias die Wahrheit gesagt hat?«

»Warum sollte ick lüjen, ick habe nüscht zu verlieren«, sagt Tobias, während er aufsteht und schwankend mit wackeliger Hand auf jeden Einzelnen zielt.

»Außerdem habt ihr mich doch damals beobachtet!«

Kirsten wird ganz bange, Tobias könnte versehentlich abdrücken. Um ihn zu beruhigen, verkündet sie lautstark:

»Ich glaube dir.«

»Ich glaube ihm auch«, frohlockt Heidi.

»Also, wer glaubt ihm noch alles?«, fragt Jochen sichtlich überrascht in die Runde.

Alle heben die Hände. Auch Jochen.

»Gut, das wäre also geklärt«, fasst Jochen zusammen und setzt sich wieder. Dabei schaut er mit leerem Blick vor sich hin.

»Wie wäre es, wenn wir darauf anstoßen«, schlägt Gernot auf einmal vor.

Die Freunde stehen auf und prosten sich zu.

»Auf das Leben!«, ruft Heidi in die Runde.

»Auf das Leben!«, geben alle zum Besten.

Samuel wendet sich an Tobias.

»Was hältst du davon, wenn du mir jetzt die Pistole gibst? Wir tun sie einfach weg und verbringen einen entspannten restlichen Abend zusammen.«

Tobias sieht Samuel an. Dann schaut er auf die Pistole. Dann in die Runde. Erst jetzt reicht er sie ihm ganz langsam.

Als Samuel die Waffe in seinen Händen hält, applaudieren

alle. Einer nach dem anderen geht zu Tobias und umarmt ihn. Jochen als Letzter.

»Das war die richtige Entscheidung, Tobias. Was war eigentlich dein Plan? Wolltest du uns alle umbringen?«, fragt Heidi neugierig.

»Nee! Ick hatte nur vor, euch einzuschüchtern und wegzusperren.«

Er greift in die Innentasche seines Sakkos und holt zwei Flugtickets hervor.

»Mein Plan war – und det isser immer noch –, mit Margot nach Südamerika zu fliejen und dort eine neue Existenz uffzubauen. Margot, meine Liebe, was sagst du dazu?«

Margot weiß nicht so recht wie ihr geschieht. Der Abend war schon ein Wechselbad der Gefühle für sie und jetzt noch das. *Sollte sie hier alles aufgeben? Ihre Existenz? Ihr bisheriges Leben?* Wenn sie genau überlegt, dann steht sie bald vor dem Nichts. Sie muss ihren Laden räumen. Einen festen Freund hat sie nicht. Ihre Mutter ist tot. Ihren Vater kennt sie nicht. *Und Freunde?* Viele hat sie nicht. Sie ist also frei. Frei für eine Entscheidung, die für sie der Beginn eines neuen Lebens sein könnte. Gemeinsam mit dem einzigen Mann, den sie einmal wirklich geliebt hatte.

Konnte man diese Liebe wieder entfachen? Ein Versuch ist es wert. Und in Südamerika kann man auch eine Galerie eröffnen. *Trau dich, antworte mit ja!*

»Du bist verrückt, Tobias. Aber ich auch. Und deshalb komme ich mit dir.«

Tobias stürzt auf Margot zu und hebt sie in die Luft. Sie

kreischt dabei laut.

»Lass mich runter, ich will dich küssen.«

»Das lass ick mir nich zweemal sagen, wat!«

Sanft gleitet sie an ihm herunter. Dann küssen sie sich leidenschaftlich.

Die Anderen genießen den Moment der Versöhnung.

»Wer hat Lust auf einen guten Portwein und leckeren Käse dazu?«, fragt Jochen seine Gäste.

»Ich denke nach diesen emotionalen Momenten könnten wir ausnahmsweise etwas essen«, sagt er und lacht erleichtert.

Gernot steht auf und sagt mit lauter Stimme:

»Gerne, Jochen. Du bist und bleibst ein fantastischer Gastgeber. Bevor du wieder in der Küche verschwindest, habe ich auch etwas anzukündigen.«

Alle Blicke richten sich auf ihn. Alle sind gespannt, was jetzt folgt.

Der gutgebaute Gernot geht auf die etwa gleichgroße Heidi zu. Beide lächeln sich an:

»Liebe Heidi, ich glaube, es ist an der Zeit, dass wir endgültig zueinanderfinden. Deshalb frage ich dich. Willst du meine Frau werden?«

Der guten Heidi kommen Tränen der Freude. Sie schaut verzückt zu ihrem Gernot.

»Endlich Gernot! Ja, ich will!«

»Na dann küsst euch mal!«, fordert Kirsten das Liebespaar auf.

Die beiden lassen sich das nicht zweimal sagen. Innig

umarmen sie sich und es folgt ein Kuss, der sehr gekonnt und geübt aussieht.

»Auf Heidi und Gernot!«, dieses Mal ist es Holger, der anscheinend seine Sprache wiedergefunden hat und alle zum Anstoßen auffordert. Wieder erklingen die Weingläser.

Samuel muss einfach seinen spontanen Gedanken loswerden:

»Was für ein Abend! Gibt es noch jemanden, der etwas zu verkünden hat? Jetzt ist die einmalige Gelegenheit dazu.«

Für alle überraschend steht Carolin auf.

»Vor wenigen Minuten fragte ich mich noch, ob ich diesen Abend überlebe. Jetzt hat sich alles zum Guten entwickelt. Ich kann euch gar nicht sagen, wie glücklich ich darüber bin. Unser aller Leben ist wertvoll. Wir sollten damit nicht spielen und andere Menschen mit in den Abgrund ziehen. Denn es gibt für jeden von uns noch so viel zu entdecken. (Sie schaut ihren Mann an) Sebastian und ich versuchen seit vielen Jahren, ein Kind zu bekommen. Vorgestern war ich wieder einmal bei meiner Frauenärztin. Und wisst ihr, was sie mir mitteilte? Ich bin schwanger! Mit 46 Jahren!«

Sebastian nimmt beide Hände seiner Frau in seine. »Was! Und das sagst du mir erst jetzt?«

Er umarmt seine Caro innig.

Erneuter Jubel bricht aus.

»Das ist ja ein echter Glücksabend!«, meint Beate. »Komm Samuel, gib dir einen Ruck. Du darfst auch in deiner Bude wohnen bleiben und so viel kiffen wie du willst. Wenn du mir im Gegenzug erlaubst, mich weiterhin in meinem geliebten

Berkersheim um meine Tiere zu kümmern. Lass uns endlich zusammenfinden. Echt jetzt!«

Der Lebemann und Aussteiger Samuel ist von der Rolle. Damit hat er nicht gerechnet. *Warum eigentlich nicht? Wenn ich weiter das haben kann, woran ich hänge. Beate war schon immer meine Flamme. Dann sollte ich sie endlich auch anzünden.*

»Versprochen?«

»Versprochen!«

»Dann heiraten wir nicht, aber leben in wilder Ehe zusammen, beziehungsweise, getrennt. Ach egal, du weißt schon, was ich meine, oder?«

»Klar weiß ich das. Du bist einfach unverbesserlich.«

»Jetzt hört auf zu debattieren, ihr beiden. Küsst euch endlich!«, motiviert Heidi das neue alte Paar.

Ein weiterer leidenschaftlicher Kuss begeistert die Freunde.

»Alle unter der Haube? Kann ich in die Küche? Und den letzten Gang des Abends vorbereiten?«, fragt Jochen sichtlich amüsiert.

Kein Veto. Keine weitere Offenbarung. Die neuen Paare sind alle mit sich selbst beschäftigt. Jochen präpariert in der Küche die Käseplatte. Dabei geht ihm so einiges durch den Kopf.

Was Angst bei Menschen alles auslösen kann. Sie besinnen sich auf das, was ihnen wirklich wichtig ist. Und schöpfen neue Hoffnung durch die Läuterung der Situation.

Und du Jochen? Was willst du? Du warst der Initiator

dieses Spektakels. Was möchtest du an deinem Leben ändern? Bist du glücklich? Hast du das erreicht, was du erreichen wolltest? Hast du Fehler begangen, die du heute bereust?

Damals, 1989 hattest du dein Leben noch vor dir. Du hast dich entschieden, dir selbst treu zu bleiben. Deinen Weg als analytische, oft dominante Person zu gehen. Damit warst du erfolgreich. Hast Karriere bei der Commerzbank gemacht. Wohnst heute in einem Luxus-Penthouse. Nur eine Partnerin hast du nie gefunden. Lag das an dir? Wahrscheinlich. Die anderen Dinge waren dir immer wichtiger. Deine Arbeit und deine Hobbys. Das haben die Frauen bemerkt und sich von dir ferngehalten. Wobei die eine oder andere hat dich schon interessiert. Wie Margot eben. Sie ist schon eine fantastische Frau. Selbstbewusst und trotzdem feinfühlig. Dass sie sich für das Abenteuer mit Tobias entschieden hat, ist überraschend. Ein Fehler? Das wird sich herausstellen. Anscheinend ist sie bereit, für einen Neuanfang.

Bei den beiden anderen neuen Paaren war es höchste Zeit, dass sie sich zueinander bekannt haben. Wäre es heute nicht passiert, dann wahrscheinlich nie. Es ist schon komisch, wie träge die Menschen sein können. Leben ihr Leben vor sich hin und verdrängen das eigentlich Wichtige: Ihren Weg zum gemeinsamen Glück. Vielleicht kann mein Glück ja sein, anderen zu helfen, ihres zu finden. Heute habe ich es geschafft. Wohl eher durch einen glücklichen Zufall. Aber, war es einer?

Nein, Jochen, du hast das erst möglich gemacht. Du hast

die letzten dreißig Jahre an den Freunden von damals festgehalten. Hast sie jedes Jahr bewirtet und für Austausch gesorgt. Wäre das alles so geschehen, wenn wir damals nicht die Vorbereitungen des Attentats beobachtet hätten?

Eine schwierige Frage. Auf jeden Fall spürst du heute, nach dreißig Jahren, wie die Menschen dir ans Herz gewachsen sind, so unterschiedlich sie auch sein mögen. Es sind deine Freunde. Vielleicht solltest du deine Entscheidung zurücknehmen, das Dinner nicht mehr auszurichten? Es wäre doch schade, gerade, wo so viel Neues entsteht.

»Wer hilft mir den Käse zu servieren?«, ruft Jochen in die Runde und geht in die Küche.

Jochen trägt die Erste von drei üppigen Platten zum Tisch.

Holger und Kirsten stehen zuerst auf. Wahrscheinlich, weil sie an diesem Abend eher das Geschehen beobachtet haben und gerade nicht mit Küssen beschäftigt sind.

Jochen schenkt noch von seinem alten Portwein in die Gläser.

Mittlerweile ist es weit nach Mitternacht. So langsam werden seine Gäste müde. Auch Jochen spürt plötzlich, wie anstrengend dieser ereignisreiche Abend war. So entscheidet er sich, ein letztes Mal zu seinen Gästen zu sprechen:

»Meine lieben Freunde, ich glaube, nun, nach dem, was heute Abend hier passiert ist, sagen zu dürfen, ihr seid *meine* Freunde. Ich empfinde das so. Und ich hoffe, ihr auch.«

Alle schauen ihn mit wachen Augen an und bestätigten seine Aussage mit einem bejahenden Nicken.

»Das von mir verkündete Ende dieser dreißigjährigen

Freundschaft ist kein Ende, es ist ein Neuanfang. Denn was einmal war, ist heute wirklich geworden. Ihr habt euch wiedergefunden, Margot und Tobias. Oder euch endlich zueinander bekannt, Heidi und Gernot, Beate und Samuel. Für euch ist ein Herzenswunsch in Erfüllung gegangen, Carolin und Sebastian. Nur Kirsten und Holger haben es von Anfang an richtig gemacht. Seit der Schulzeit sind sie füreinander da. Und lassen sich trotzdem genügend Freiheit. So soll es sein. Nehmt euch ein Beispiel an den beiden.

So tragisch und furchtbar das Attentat 1989 war, mich hat es über die Jahre daran erinnert, wie wichtig es ist, das eigene Leben zu leben und nicht das eines anderen. Sich selbst treu zu sein, auch wenn manche einen nicht verstehen. Heute Abend haben wir erlebt, dass immer ein Neuanfang möglich ist. Ich wünsche uns allen, dass dieser gelingt.

So, nun bleibe nur noch ich übrig. Der ewige Single. Und genau *der* möchte euch, anders als ich es vor wenigen Stunden angekündigt habe, sagen: Heute ist *nicht* das Ende der *Jochen Dinner*. Es ist der Anfang des *Jochen-Tages*. Einmal im Jahr sollten wir für einen ganzen Tag zusammenkommen. Und immer an einem anderen Ort. Was haltet ihr davon?«

Der ganze Tisch ist begeistert. Die Freunde stehen auf und applaudieren. Ein letztes Mal. In einer Nacht, die keiner vergessen wird.

Epilog

Die Maschine ist bis auf den letzten Platz voll. Margot und Tobias sitzen auf dem Flug nach Buenos Aires in der dritten Reihe nebeneinander am Fenster.

Die Kunstschätze in ihrer Galerie in Sachsenhausen hat sie zum größten Teil an die jeweiligen Künstler zurückgegeben, da sie in Kommission ausgestellt waren. Einige wenige Stücke konnte sie einem befreundeten Kunsthändler geben, der sie in ihrem Auftrag verkaufen wird.

Es war ihr überraschend leichtgefallen, den Ort zu verlassen, der seit über vierzig Jahren ihre Heimat war – Frankfurt.

Momentan ist sie einfach zu aufgeregt, über mögliche Konsequenzen ihres Handelns nachzudenken. Auf sie wartet ein neuer Kontinent, neue Menschen, eine neue Sprache. Und das Schönste daran ist, sie ist nicht mehr allein. Er ist dabei. Tobias.

Viel weiß sie nicht von ihm. Er hat wohl in der Computerbranche gearbeitet. Und zurückgezogen gelebt. Keine Frau, keine Kinder. Ob sie damit klarkommt, so gut wie nichts von seinem bisherigen Leben zu wissen, weiß sie nicht.

Doch er gibt ihr keinen Grund, ihm zu misstrauen. In den letzten Tagen, seit Sonntag, haben sie jede Minute gemeinsam verbracht. Er hat bei ihr gewohnt. Und sie konnten die Finger nicht voneinander lassen. Sie sind förmlich übereinander hergefallen. Immer wieder. Es war wie in einem Traum.

Tobias ist ein ruhiger, sehr sensibler und einfühlsamer Mensch. Ihr Mann. Und deshalb wollen sie gleich nach ihrer Ankunft in Argentinien heiraten. Mit diesen schönen Gedanken für die gemeinsame Zukunft nimmt Margot die Hand von Tobias in ihre Hände.

Sie schauen sich verliebt an.

Aus ihrem Augenwinkel nimmt sie durch das Kabinenfenster wahr, wie sich mehrere Polizeifahrzeuge mit eingeschaltetem Blaulicht vom Rand des Flughafens rasend schnell auf sie zu bewegen. Die heulenden Sirenen werden immer lauter. Margot zuckt zusammen. Sie umklammert die Hand von Tobias noch fester.

Vielen Dank, liebe Renate, für die kritischen, aber immer konstruktiven Ratschläge und dein Korrektorat. Danke dir, Matthias, für das plakative Cover.

Luc Winger gibt es auch auf *Facebook und Instagram*. Folgen Sie ihm, dann erfahren Sie frühzeitig Interessantes zu seinen Büchern.